Isaac **MAMPUYA Samba,**

Présente:

© 2019: Diagram drawn by Isaac MAMPUYA Samba.

IRÈNE ET UNE AUTRE FORME DE TORTURE DE SA PROPRE CONSCIENCE (SUITE)

Isaac MAMPUYA Samba

ISBN: 978-1-63950-328-5 (sc)
ISBN: 978-1-63950-329-2 (e)

Writers Apex

Gateway Towards Success

8063 MADISON AVE #1252
Indianapolis, IN 46227
+13176596889
www.writersapex.com

LA POURSUITE DE LA RANDONNÉE
LITTÉRAIRE "IsMaSa" SE PERPÉTUE DANS:

"IRÈNE ET UNE AUTRE FORME DE TORTURE DE SA PROPRE CONSCIENCE" (SUITE)

REVU ET CORRIGÉ. BREF: "UNE NOUVELLE GRANDE HAUTE – QUALITÉ" D': "IRÈNE Et Une Autre Forme de Torture de Sa Propre Conscience". (SUITE).

*E*n guise d'Info (Communication): En fait "Irène" comme telle: il y en a en tout 4; et celle-ci s'avère être *Irène N°4. Prière – donc aux Lecteurs, d'attendre aussi les REPUBLICATIONS de TROIS autres ÉPISODES d'Irène, REVUS ET CORRIGÉS; lesquels vont sortir avec la Compagnie de Madame Tina Mills, de: Writers Apex Gateway Success Address: 1309 Coffeen Avenue STE 1200 Sheridan, WY 82801 USA.*

Le destin avait donc fait en sorte, que le Chemin d'une Certaine Irène LUCINDAÇIO et d'un Certain Almeida LOURENÇO se croise. Mais seulement voilà, entre – eux Deux; ça va être de l'Effervescence à couteau tiré.

----COINCIDENCE?

----Peut-être bien que si!

----Ou même peut-être bien que non!

Mais cependant, .../...

L'AUTEUR

Isaac MAMPUYA Samba, le Garçon de la Commune de Ndjili (à Kinshasa: République Démocratique du Congo).

Séries ou Sous – Séries "…/… Leur Appartenance à la Négritude, en Afrique et dans le Monde …/…".

"Folasses" Conjurations Forfaitures Tragédies

LES MOTS CLEFS DU VOLUME

ALBERTO, c'est quelqu'un qui passe en un laps de temps:

> du bon climat d'entente "hyménéale", à une redoutable agressivité;

> puis: de la redoutable agressivité, à l'euphorie;

> ensuite: de l'euphorie, à la léthargie;

> et après, le cours s'inverse facilement avec lui; puisque, l'on remarque souvent, qu'il passe de la léthargie, à l'euphorie;

> de l'euphorie, à la redoutable agressivité;

> de la redoutable agressivité, au bon climat d'entente matrimoniale.

C'est un problème avec lui!

C'est vraiment un grand problème avec lui!

Oui, en couple, ALBERTO, c'est finalement un véritable problème; un réel problème!

Moi IRÈNE par ailleurs, je suis la solution pour ainsi dire; une réelle solution!

Mais seulement voilà, je préfère être moi; plutôt que lui; je préfère être la solution; plutôt: qu'être le problème!

Mais seulement voilà, lui ALBERTO avec son caractère de cochon; lui ALBERTO avec son réel problème; il n'a dorénavant, qu'aller chercher la solution ailleurs; et plus question, chez moi, décidément!

REVU ET CORRIGÉ. BREF: "UNE NOUVELLE
GRANDE HAUTE – QUALITÉ" D': "IRÈNE
Et Une Autre Forme de Torture de
Sa Propre Conscience". (SUITE).

Irène Lucindaçio et Alberto Rodriguez, par suite des forfaitures qu'eux – mêmes avaient commises, ils seraient donc Para – Normalement parlant, Mystérieusement poursuivis et tourmentés.

Si Mademoiselle Irène LUCINDAÇIO avait pardonné Alberto RODRIGUEZ; quand il était encore temps; l'on en serait peut-être pas arrivé là où l'on était arrivé.

Où l'on était arrivé?

À des catastrophes, de nombreuses catastrophes.

Où l'on était arrivé?

Aux tragédies; beaucoup de tragédies.

Et toutes ces catastrophes; et toutes ces tragédies; c'est-à-dire:

La mort de .../...

"D'après: Le Roi des Kiosques – Littéraires –
Romanesques – Monographiques – Rétrospectifs
Et Inexplorés: Isaac MAMPUYA Samba."

""Irène Lucindaçio avait complètement perdu le Nord. Imitant soit disant, selon elle, bien évidemment, Marta VITALINO. Qui faisait donc, pareil.""

""Irène Lucindaçio n'arrêterait pour ainsi dire, jamais dorénavant: de se révéler; de se révéler; de se révéler; de se révéler indécemment en l'air; imitant soit disant, selon elle, bien évidemment, Ernesto DOMINGUEZ ALMEIDA. Qui faisait donc, pareil.""

""de mouvoir; de mouvoir; de mouvoir; de mouvoir incorrectement son corps en cadence, en l'air; imitant soit disant, selon elle, bien évidemment, The Reverend Pastor Augy Wucher. Qui faisait donc, pareil.""

""de se gesticuler; de se gesticuler; de se gesticuler; de se gesticuler désespérément; désespérément! C'est tout simplement: Désespérément!, en l'air; quasiment partout, où il se retrouvait. Imitant soit disant, selon elle, bien évidemment, Ma'am Lorena FLORINDA. Qui faisait donc, pareil.""

""Bref, IRÈNE Lucindaçio employait l'art de l'écriture. Imitant soi-disant, selon elle, bien sûr; en vérité! C'est tout à fait la vérité, selon elle donc, l'écrivain Isaac MAMPUYA Samba. Qui faisait donc, pareil.""

""Bref décidément; décidément! C'est tout simplement: Décidément!, Irène Lucindaçio parlait amèrement; imitant soit disant, selon elle, bien évidemment, Imbourt GUERIN. Qui faisait donc, pareil.""

""Irène Lucindaçio parlait irrévérencieusement; irrévérencieusement! C'est tout simplement: Irrévérencieusement!; imitant soit disant, selon elle, bien évidemment, Barrene LUCINDAÇIO. Qui faisait donc, pareil.""

""Irène Lucindaçio parlait invalidement; invalidement! C'est tout simplement: Invalidement. Imitant soit disant, selon elle, bien évidemment, Bultez SULIVAN. Qui faisait donc, pareil.""

""Bref en définitive, Irène Lucindaçio s'exprimait dédaigneusement; dédaigneusement! C'est tout simplement: Dédaigneusement!; imitant soit disant, selon elle, bien évidemment, Alfonso FUKIAKANDA. Qui faisait donc, pareil.""

""Irène Lucindaçio s'exprimait mélancoliquement; mélancoliquement! C'est tout simplement: Mélancoliquement!; imitant soit disant, selon elle, bien évidemment, Adelaide Matumona. Qui faisait donc, pareil.""

""Irène Lucindaçio s'exprimait médiocrement; médiocrement! C'est tout simplement: Médiocrement. Imitant soit disant, selon elle, bien évidemment, Pastor Fernando Bezina. Qui faisait donc, pareil.""

""Bref désormais, Irène Lucindaçio chantonnait irrémédiablement; irrémédiablement! C'est tout simplement: Irrémédiablement!; imitant soit disant, selon elle, bien évidemment, Arnold Gutenberg. Qui faisait donc, pareil.""

""Irène Lucindaçio chantonnait impoliment; impoliment! C'est tout simplement: Impoliment!; imitant soit disant, selon elle, bien évidemment, Eugenio VENSIO. Qui faisait donc, pareil.""

""Irène Lucindaçio chantonnait maladroitement; maladroitement! C'est tout simplement: Maladroitement. Imitant soit disant, selon elle, bien évidemment, Agostinho Miguel. Qui faisait donc, pareil.""

""Bref dorénavant, Irène Lucindaçio chantait irrémissiblement; irrémissiblement! C'est tout simplement: Irrémissiblement!; imitant soit disant, selon elle, bien évidemment, Ma'am Mikaella RENNECHEO. Qui faisait donc, pareil.""

""Irène Lucindaçio chantait démesurément; démesurément! C'est tout simplement: Démesurément!; imitant soit disant, selon elle, bien évidemment, Mr. Althino FERNANDE. Qui faisait donc, pareil.""

""Irène Lucindaçio chantait obscurément; obscurément! C'est tout simplement: Obscurément. Imitant soit disant, selon elle, bien évidemment, Ma'am Ana Valente. Qui faisait donc, pareil.""

""Bref décidément, Irène Lucindaçio se révélait importunément; importunément! C'est tout simplement: Importunément!, et impudiquement; impudiquement! C'est tout simplement: Impudiquement!; imitant soit disant, selon elle, bien évidemment, Inacio DONZILA. Qui faisait donc, pareil.""

""Irène Lucindaçio se révélait imprudemment; imprudemment! C'est tout simplement: Imprudemment!, et impudemment; impudemment! C'est tout simplement: Impudemment!; imitant soit disant, selon elle, bien évidemment, Justino Djebali. Qui faisait donc, pareil.""

""Irène Lucindaçio se révélait mécaniquement; mécaniquement! C'est tout simplement: Mécaniquement!, et impulsivement; impulsivement! C'est tout simplement: Impulsivement. Imitant soit disant, selon elle, bien évidemment, Antonio Ferreira. Qui faisait donc, pareil.""

""Bref en définitive, Irène Lucindaçio se mouvait désagréablement; désagréablement! C'est tout simplement: Désagréablement!; imitant soit disant, selon elle, bien évidemment, Sebastião VARGAS. Qui faisait donc, pareil.""

""Irène Lucindaçio se mouvait flegmatiquement; flegmatiquement! C'est tout simplement: Flegmatiquement!; imitant soit disant, selon elle, bien évidemment, Luis Soarès Gracia. Qui faisait donc, pareil.""

""Irène Lucindaçio se mouvait inhabilement; inhabilement! C'est tout simplement: Inhabilement. Imitant soit disant, selon elle, bien évidemment, Stella-Maria HOBBONE. Qui faisait donc, pareil.""

""Bref désormais, Irène Lucindaçio, gesticulait irréparablement; irréparablement! C'est tout simplement: Irréparablement!; imitant soit disant, selon elle, bien évidemment, JOÃO BARRAY-Santos. Qui faisait donc, pareil.""

""Irène Lucindaçio, gesticulait pathologiquement; pathologiquement! C'est tout simplement: Pathologiquement!; imitant soit disant, selon elle, bien évidemment, Joachim MENE. Qui faisait donc, pareil.""

""Irène Lucindaçio, gesticulait chétivement; chétivement! C'est tout simplement: Chétivement. Imitant soit disant, selon elle, bien évidemment, Manuella LUCINDAÇIO. Qui faisait donc, pareil.""

""Irène Lucindaçio, pétouillait, pétouillait, pétouillait ridiculement; ridiculement! C'est tout simplement: Ridiculement!, chez eux ou ailleurs, peu importe. Imitant soit disant, selon elle, bien évidemment, Silvao LUCINDAÇIO. Qui faisait donc, pareil.""

""Irène Lucindaçio marchait décidément mollo, mollo, mollo; mollo, mollo, mollo! C'est tout simplement: Mollo, mollo, mollo!; imitant soit disant, selon elle, bien évidemment, Amy Sophia LEBRETONA. Qui faisait donc, pareil.""

""Irène Lucindaçio marchait doux, doux, doux; doux, doux, doux! C'est tout simplement: Doux, doux, doux!; imitant soit disant, selon elle, bien évidemment, Elisio Gomez Rodriguez. Qui faisait donc, pareil.""

""Irène Lucindaçio marchait doucement; doucement! C'est tout simplement: Doucement!, décidément; imitant soit disant, selon elle, bien évidemment, Adelino JACINTA. Qui faisait donc, pareil.""

""Irène Lucindaçio marchait même atrocement; atrocement! C'est tout simplement: Atrocement!, dorénavant. Imitant soit disant, selon elle, bien évidemment, Eliodoro RODRIGUEZ. Qui faisait donc, pareil.""

""Son cœur battait, battait, battait vite et improprement; improprement! C'est tout simplement: Improprement!, ("improprement" [de façon qui ne convenait pas]). Imitant soit disant, selon elle, bien évidemment, Ramiro Lopez. Qui faisait donc, pareil.""

""Irène Lucindaçio saluait, saluait, saluait ridiculement; ridiculement! C'est tout simplement: Ridiculement!, et poliment le vide; pour elle, c'étaient des personnes qu'elle avait connues auparavant, qui étaient venues lui rendre visite; imitant soit disant, selon elle, bien évidemment, Alberto Rodriguez. Qui faisait donc, pareil.""

""mais lesquelles personnes, que malheureusement hélas!; malheureusement, hélas! C'est tout simplement: Hélas malheureusement!, des autres personnes connaissant la connaissant (la connaissant elle: Irène Lucindaçio) n'avaient par voie de conséquence: non seulement jamais vues avant; mais aussi que, même aux instants-là qu'Irène les saluerait; imitant soit disant, selon elle, bien évidemment, Aziz OLENGA. Qui faisait donc, pareil.""

""Irène Lucindaçio ne ferait là assez souvent, que saluer le vide; et cela, avec toutes les révérences les plus distinguées possibles; imitant soit disant, selon elle, bien évidemment, Fren Teach Montgo. Qui faisait donc, pareil.""

""À l'instar des révérences dont on exhibe vis-à-vis des rois ou des reines, par exemple). Imitant soit disant, selon elle, bien évidemment, Almeida LOURENÇO. Qui faisait donc, pareil.""

""Un coup: Irène Lucindaçio se disait très explicitement, être normale. Autrement dit: Irène Lucindaçio se dirait posséder son esprit en très, très bon état; et par conséquent, Irène Lucindaçio refuserait systématiquement toute aide que l'on essayait de lui porter. Imitant soit disant, selon elle, bien évidemment, Bernadette Of The Sister Rosalie. Qui faisait donc, pareil.""

""Un autre coup: Irène Lucindaçio reconnaîtrait finalement: "Qu'Irène Lucindaçio n'était plus Irène Kader KEITA-même.". Imitant soit disant, selon elle, bien évidemment, Aminata Ayichatoune. Qui faisait donc, pareil.""

""Irène Lucindaçio reconnaîtrait finalement: "Qu'Irène Lucindaçio serait devenue "demeurée". "Imitant soit disant, selon elle, bien évidemment, José Manuel GLORIA. Qui faisait donc, pareil.""

""Irène Lucindaçio reconnaîtrait finalement: "Qu'Irène Lucindaçio serait devenue "débile mentale". "Imitant soit disant, selon elle, bien évidemment, Camilo CARVALHO. Qui faisait donc, pareil.""

""Irène Lucindaçio reconnaîtrait finalement: "Qu'Irène Lucindaçio serait devenue "siphonnée". "Imitant soit disant, selon elle, bien évidemment, Raphaella RAFALA. Qui faisait donc, pareil.""

""Irène Lucindaçio deviendrait tout simplement "maboule". Et sans des soins neuropsychologiques, les delirium tremens d'Irène s'étaient tout simplement multipliés encore et encore. Et encore et encore. Et oui ih! Imitant soit disant, selon elle, bien évidemment, Claudio CAETANO. Qui faisait donc, pareil." "... / ...!""".

...../... Et MAMPUYA Chante et Danse
de la Samba. ILLUSTRATION:

Effectivement: Isaac se Dandine
et Tambourine sur MAMPUYA; et
MAMPUYA Chante et Danse de la
Samba. DEMONSTRATION:

"RIEN N'IRAIT PLUS ENTRE ALBERTO RODRIGUEZ ET CELLE DONT LE DESTIN LUI AVAIT AINSI FAVORISÉ LA RENCONTRE; C'EST-À-DIRE "IRÈNE LUCINDAÇIO D'ARRIÈRE-DESCENDANCE CONGOLAISE"".

$\mathbf{D}$ans ce Nouvel Episode (comme toujours et encore toujours) "BaLiSambaSty" va autant s'affirmer avec tout son Style de Croisière. Démonstration:

> 7. "IRÈNE ET Une Autre Forme de Torture de Sa Propre Conscience". (SUITE).

Précédé de:

> 6. "Irène LUCINDAÇIO, la fille du Jupiter et d ' Aphrodite". (SUITE).

et de:

> 7. "IRÈNE ET Une Autre Forme de Torture de Sa Propre Conscience". (DEBUT).

Et dans cet Épisode – ici encore et encore et encore et encore, nous allons entre – autres, faire face à UN PARA – NORMAL AU SUPERLATIF RELATIF À LA VIE DE TOUS LES JOURS ET PARTOUT DANS LE MONDE, engendrant par SON SURNATUREL ET SON MYSTÈRE DE L ' UNIVERS, bien évidemment: UN TROUBLE EMOTIONNEL PSYCHOSOMATIQUE; ou en vue de mieux l'exprimer, engendrant: DE L' ÉMOI PSYCHIQUE. C'est vraiment toute UNE HISTOIRE FANTASMAGORIQUE, comme seul: l ' Écrivain Isaac MAMPUYA Samba aime bien la raconter.

La Loi Française du 11 Mars 1957 n'autorisant, aux termes des alinéas 2 et 3 de l'Article 41, d'une part, que les "copies ou reproductions strictement réservées à l'usage privé du copiste et non destinées à une utilisation collective" et, d'autre part, que les analyses et les courtes citations dans un but d'exemple et d'illustration, "toute reproduction ou reproduction intégrale, ou partielle, faite sans le consentement de l'auteur ou de ses ayants-droit ou ayants-cause, est illicite" (alinéa 1er de l'Article 40).

Cette représentation ou reproduction, par quelque procédé que ce soit, constituerait une contrefaçon sanctionnée par les Articles 425 et suivants du Code Pénal.

PRINCIPE

""L ' Imaginaire ": d'abord;

puis "le Réel 1 {: *"Le Réel" en vérité "du Passé", mais "transplanté", pour ainsi dire.* }": ensuite.".

SOMMAIRE

$\mathbb{C}$omme des joueurs de football par exemple dribblent avec le ballon; et il se trouve que, l'Auteur Isaac MAMPUYA Samba quant – à lui avec son Écriture, il dribble tout simplement avec: 26 Lettres d'Alphabet Phénicien; 10 Nombres de Chiffres Arabes et un Crayon ou un Ordinateur; avec surtout pour couronner l'ensemble, le ZEST: Efficace Talent Personnel Inné. Et ainsi, engendrant toujours et encore toujours pour Isaac MAMPUYA Samba, une Écriture unique; ou plutôt: Et ainsi, engendrant toujours et encore toujours pour IsMaSa, une Écriture unique au Superlatif; ou encore, en vue de pouvoir l'exprimer, l'on ne peut mieux: Et ainsi, engendrant toujours et encore toujours pour Isaac MAMPUYA Samba, une Écriture unique au Superlatif des Superlatifs. Et par voie de conséquence, le Tour est automatiquement Joué: la Notoriété; une Notoriété Planétaire qui arrive ou plutôt: qui se confirme donc.

Démonstration: "…/…".

Signé: IsMaSa.

Isaac MAMPUYA Samba possède de l'Écriture à vendre; ou plutôt: il possède de l'Écriture à revendre; ou en vue de pouvoir l'exprimer beaucoup plus explicitement: Isaac MAMPUYA Samba est le synonyme – même de la Force Tranquille en Forte Écriture. Illustration .../...

NOTE

"DES ÉCRITS INVISIBLES"

Selon "Le Petit Larousse", "Une Réflexion" est

entre-autres: "L'action de l'esprit qui réfléchit,

qui examine et compare ses pensées; jugement qui en
résulte.".

Celle-là étant, alors, lisez-

"La Réflexion" suivante au sujet d'un certain "Il".

""Il" écrit, mais hélas!, malheureusement,

personne ne pourrait "le" comprendre réellement;

en vue de ne pas laisser entendre carrément;

ou plutôt systématiquement par exemple

que: "Personne ne pourrait" le "comprendre du tout, du
tout."".

Et pour cause? "Il" ne vise guère "l'Intellect des gens";

mais plutôt "leurs Consciences".

"Il" ne vise pas "l'Entendement";

mais plutôt "Le Jugement Intérieur sur la qualité morale

d'un acte posé; ou d'un acte à poser.".

Bref, "Il" ne vise point du tout, du tout, cet organe

anatomique appelé "Cerveau" pour ainsi dire;

mais plutôt, cet autre organe [toujours anatomique

certes]; mais néanmoins, appelé: "Cœur".

Afin de comprendre cet "Il" en question, il ne

faudrait surtout ne point considérer au tout premier plan

d'écriture, les lignes; mais plutôt: "les

entre-des-lignes"; ou afin de mieux l'exprimer:

Il faudrait absolument considérer au tout premier

plan: "Des Écrits Invisibles" se dissimulant

entre des lignes de "ce présent petit texte".

Et cet "Il" en question, possédant une telle écriture,

qui est- "Il", cet "Être" -là?

Cet "Il", c'est "X"?

C'est "Y"?

Et qui est- t-il, ce "X"-là?

Et qui est- t-il, cet "Y"-là?".

""Is – "He" the Writer Is Ma Sa or the Famous Author Isaac MAMPUYA Samba?""

""Unquestionably, it absolutely cans only be the Him, himself.""".

Réflexion signée: Is Ma Sa

ou Isaac MAMPUYA Samba.

"Certes, c'est répréhensible, des tels agissements!.../... Mais "le pauvre".../... a plutôt besoin des soins "psychiques", pour ne pas dire "psychiatriques"; que "d'une incarcération pénitentiaire"! D'où .../....".

Mais, pendant ce temps-là, Alberto RODRIGUEZ était resté "moisir" dans la maison d'arrêt de WORMWOOD SCRUBS (à Wormwood Street, dans la partie orientale de la Capitale britannique). En effet, au nouveau rendez-vous qui était prévu dans "deux semaines"; l'on n'avait même pas tardé sur le dossier de ce dernier. On lui avait tout simplement dit: "Que l'on réexaminera son cas de nouveau, dans une durée de six mois à venir.".

Pourquoi?

C'était: "Parce qu'il avait fallu absolument le châtier; puisqu'il avait en lui seul, commis plusieurs délits non moins graves, entre-autres: "la machination" ou "la conjuration" et "le faux témoignage".".

L'on avait finalement décidé, qu'après, en tout, un an et demi passé en prison; l'on allait impitoyablement refouler le jeune Alberto RODRIGUEZ, chez lui à Sao-Paulo, en dépit de ses "neuf" années passées finalement, en Grande-Bretagne.

Mais seulement, son avocate 1 *{: **Quoique Madame Alcina BARBARA était choisie pour défendre Alberto RODRIGUEZ, par les services d'Aide Juridictionnelle; c'est parce que celui-là, dans la très délicate situation où il se retrouvait apparemment; il ne pouvait guère se permettre de payer "des honoraires" d'un avocat. }* ne l'avait pas du tout lâché. Elle tenterait de faire annuler la peine d'expulsion et de renvoi de

RODRIGUEZ, dès sa sortie de prison, pour chez lui à São Paulo; et cela, inexorablement; pour quelqu'un qui avait finalement passé neuf années en Angleterre; et qui, avant, possédait le statut d'un étudiant étranger dans ce pays; et que depuis, il s'était retrouvé en situation irrégulière; c'est-à-dire: sans carte de séjour.

En vue d'y parvenir, Maître Alcina BARBARA (2) *{: Son avocate.}*, allait "faire jouer", sur le fait: "Qu'il s'agit là, de quelqu'un qui: "non seulement avait passé beaucoup d'années dans notre pays." (3) *{: Dirait-elle. }*; "mais aussi, qu'il s'agit là, de quelqu'un qui est le père d'une petite gamine qui avait juridiquement obtenu la nationalité britannique, par le fait de sa naissance, sur ce pays. (4). *{: Ajouterait Madame Alcina BARBARA. }*"."".

Pour Maître Alcina BARBARA: "L'on [allait] par conséquent, chasser "le père d'une enfant Britannique". Or, cette dernière aurait tout naturellement besoin de son père, comme pour quasiment, les autres enfants du monde.".

Dans l'entre-temps; c'est-à-dire, pendant tout le temps que RODRIGUEZ continuerait de purger sa peine en prison [Et pour cause!], les amis d'IRÈNE, et même, certains amis et cousins de RODRIGUEZ, n'arrêteraient plus du tout, de dire que:

"…/… En tout cas, Alberto RODRIGUEZ n'était "qu'un misanthrope sorcier"; un redoutable sadique; "un diable jaloux"; très jaloux; très, très jaloux; un démoniaque; et un forcené. Il n'était qu'un criminel, qui avait commis des crimes qui dépassent l'entendement, puisqu'il n'avait:

non seulement sauvagement battu "sa bergère", au point de l'envoyer en soins intensifs, à l'hôpital;

non seulement qu'il n'avait pas hésité un seul petit instant, de malmener des enfants de celle-ci, dont "sa propre plus petite fille Elisio GOMEZ RODRIGUEZ"; laquelle ne venait-là, que de naître "il y avait exactement dix mois", à ce moment-là;

non seulement qu'il avait même passé à tabac, ERNESTO, son fiston de dix ans;

mais également, il n'avait pas du tout hésité un seul petit instant, de faire envoyer à tort (5) *{: **Par suite d'une jalousie viscérale; dangereuse; et aveugle.** }* "en taule", celle dont il était et pourtant, "très, très follement tombé amoureux".".

Ces gens poursuivaient: "Alberto RODRIGUEZ avait commis un tel crime odieux; ou plutôt: des tels crimes odieux; machiavéliques; abominables et déplorables! Alors, il mérite très bien, qu'à la sortie de sa prison, qu'il soit renvoyé chez lui, à São Paulo, à l'instar d'un simple colis postal ordinaire.".

À tout compte fait, Mademoiselle Irène LUCINDAÇIO aussi partageait très bien cet avis. Même son cousin João-Santos BARRAY; lequel avait pendant tout le temps qu'IRÈNE avait été enfermée, occupé "

le logement de deux pièce" de cette dernière; afin que son propriétaire, ne le récupère pas; sinon, à la sortie d'IRÈNE, le processus, en vue de pouvoir récupérer ses enfants, allait être gravement compromis; ce João-Santos BARRAY partageait aussi, l'avis de ces gens-là.

Alberto RODRIGUEZ de son côté, il se tiendrait informé de tous ces bruits qui "se déroulaient" à l'extérieur de l'univers carcéral; et cela: à son sujet et à son détriment; grâce à la correspondance plus ou moins régulière, qu'il entretenait, avec certains de ses autres fidèles amis, entre-autres: Guy AMMAR; Robert MERYC; et Morris HAMILTON. Cela dit, à partir du fond de sa cellule, ALBERTO menacerait Irène LUCINDAÇIO, par des courriers successifs, comme quoi, que: tant qu'elle occuperait toujours, par exemple, "ce logis de deux pièces" que lui-même, avait réussi à louer, quoique c'était au nom de celle-ci (6) *{: C'est-à-dire: "sa tarderie"; afin de ne guère dire par exemple: "son ex-tarderie". }* il continuerait par conséquent, à l'emmerder très sérieusement.

De leur côté les enfants, dans un premier temps, ils étaient toujours gardés par le "E W O / E S W"; des "L E A" et de "C A".

C'était pourquoi-donc?

C'était justement, par le fait de la demande même, de Mademoiselle Irène LUCINDAÇIO; c'est parce que cette dernière avait (7) *{: Pendant ce moment-là, très précisément. }* trouvé un emploi de "femme de ménage", dans un des immeubles de "la Compagnie British Air Way", avec des horaires allant de lundi à vendredi: de 06 H 30' à 10 H 30'; puis de 16 H 30', à 20 H 30' (8). *{: C'est-à-dire: "huit heures complètes", par jour. }*. Et par voie de conséquence, elle n'avait pas du tout le temps de s'occuper de ses deux mômes (9). *{: Afin de pouvoir les réveiller aux alentours de 07 H 10'; puisqu'à ce moment-là, elle serait déjà partie à son travail de "femme de ménage" à la "British Air Way". Ensuite: afin de leur donner très rapidement: leur petit déjeuner; afin de les habiller; afin de les amener à l'école primaire [ERNESTO le fils aîné d'IRÈNE, avait beaucoup de retards, à cause de la langue; c'était pour cela, qu'il était encore à l'école primaire]; et amener la cadette [c'est-à-dire: ELISIO], à la crèche. Puis, le soir vers 16 H 30 '- 18 H 00 ': aller les récupérer; alors qu'à ce moment-là, elle se trouverait encore à son travail; alors-là!* }. D'où, elle avait, elle-même (10) *{: Délibérément*; résolument! C'est tout simplement: Décidément. *}* préféré laisser encore ses gamins à la disposition d' "E W O / E S W"; des "L E A" et de "C A"; "Puis plus tard (1) *{: Elle ne savait pas encore exactement quand. }*, l'on verrait: qu'est-ce que l'on pourrait alors faire!" (2). *{: Se dirait-elle finalement, dans le fond d'elle-même. }*.

Du côté "carte de séjour", Mademoiselle Irène LUCINDACIO avait toujours un récépissé provisoire; renouvelable; sans problème; tous les six mois [c'était déjà ça!]. Maître Gamal CHAUVRY; l'avocat qui s'était occupé de l'affaire d'IRÈNE; quoique lui aussi n'était que nommé par les services d'Aide Juridictionnelle (3) *{: C'est parce que "ces deux antagonistes", au point où ils se trouvaient, "apparemment": ils ne pouvaient même pas s'offrir, "le luxe" d'aller se procurer chacun (c'est-à-dire: chacun de "deux antagonistes"; ou pour l'exprimer autrement: Alberto RODRIGUEZ et Irène LUCINDAÇIO): un avocat. C'était pour cela, qu'ils avaient* *été assistés par des avocats choisis d'avance, par les services d'Aide Juridictionnelle. }*; il avait (4) *{: Comme d'ailleurs l'avocate d'Alberto RODRIGUEZ; c'est-à-dire: Madame Alcina BARBARA, l'était. }* plaidé le sort de "sa cliente" Irène LUCINDAÇIO, avec toute "son âme et toute sa conscience"; ou en vue de pouvoir l'exprimer autrement: "avec tout son dévouement". Ainsi, il continuerait de se faire mettre au courant régulièrement, des décisions que l'on allait prendre, à l'égard d'Alberto RODRIGUEZ; et il les disait aussi, régulièrement, à "son ancienne cliente"; c'est-à-dire: à Mademoiselle Irène LUCINDAÇIO.

Ça serait ainsi, que deux mois avant la fin de la prison de RODRIGUEZ; IRÈNE saurait déjà, que l'on allait inexorablement, renvoyer celui-là, chez lui, à Sâo Paulo; afin que les autorités brésiliennes, s'occupent encore une fois de plus, de son cas, sur place, dans leur pays; c'est-à-dire: au Brésil.

Mais comme son avocate, Madame Alcina BARBARA tenait à déployer tous les efforts, en vue de faire sortir "son client Alberto RODRIGUEZ", de "ce sale pétrin"; dans lequel il se retrouvait; elle avait avancé de nouveau, "l'argumentation" selon laquelle, que l'on allait: "…/… Par conséquent, "chasser" le père d'une petite Britannique, "par naissance"; et que l'on n'avait pas le droit de le faire! …/…!".

Cet argument comme tel, n'était "guère" dénoué de tout fondement. C'était même amplement suffisant, pour demander que la peine que le jeune Alberto RODRIGUEZ avait eue à purger, dans les cellules de la prison britannique, fût suffisante, au sujet de ce dernier! Et que par conséquent, à sa sortie de "tôle", l'on devrait: non seulement arrêter ce processus d'expulsion, à son égard; mais aussi, l'on devrait également régulariser incontestablement, sa situation de séjour.

"Après tout, n'avait-il pas passé finalement, une décennie, ou presque, en Angleterre?

N'était-il pas le père d'une petite Anglaise, reconnue comme telle, par "la naissance"?

Ou plutôt, par "sa naissance sur le sol britannique "? (5) *{: Demanderait "Maîtresse" (ou plutôt: Maître) Alcina BARBARA; (c'est-à-dire: l'avocate d'Alberto RODRIGUEZ); demanderait-t-elle, au "ministère public". }*".

Les arguments avancés par Madame Alcina BARBARA, étant de taille, le ministère public, ne voyait plus du tout:

Comment coincer Alberto RODRIGUEZ.

Puisque, même pour cette affaire, de "la cocaïne", rien n'était vraiment sûr aux yeux de tous, que cet Alberto RODRIGUEZ était lui-même, réellement "un dealer".

"L'on se posait après tout, cette question, c'est parce que l'on n'arrivait pas du tout à comprendre, ce phénomène, qui: ———".

"Sans rien! Sans être filé, par exemple, par la brigade anti-stupéfiante, et que l'on puisse aller se dénoncer, comme cela soi-même, de bonne foi! Et cela, pour une affaire de revente de la drogue! ", "aux yeux de tous: –––".

"Ni l'une; c'est-à-dire: Irène LUCINDAÇIO; ni l'autre; c'est-à-dire: Alberto RODRIGUEZ, n'était finalement "un dealer"."

"En ce qui concernait alors la présence de "cette cocaïne"; laquelle était destinée, à faire arrêter Mademoiselle IRÈNE, l'on avait conclu seulement:

> .../... Qu'Alberto RODRIGUEZ n'était peut-être devenu qu'un petit consommateur de "la chose"! Si l'on s'amusait à "enfermer" par exemple tous les petits consommateurs, il faudrait, inéluctablement d'abord, commencer par construire, "vingt fois" plus de places de prison!".

"Mais, quant-au fait qu'A. RODRIGUEZ avait fortement malmené: et "ses enfants"; et "sa Salomé IRÈNE"; à tel point, qu'il avait même "involontairement" envoyé à l'hôpital, celle-ci; Madame Alcina BARBARA, avait posé la question au ministère public et "aux membres de jurés" que: –––".

"Certes, c'est répréhensible, des tels agissements!".

"Certes, des dérapages de telles scènes de ménage, ne sont pas tolérables!".

"**"M**ais" le pauvre "Alberto RODRIGUEZ n'est-il guère devenu finalement en réalité: ni plus; ni moins: qu'un dépressif névrosé; lequel a plutôt besoin "des soins psychiques"; pour ne pas dire "psychiatriques"; que "d'une incarcération pénitentiaire"?".

"D'où la question: Est-il normal, de lui refuser ces soins thérapeutiques; et à la place, de le "châtier" sévèrement?".

"Pour Madame BARBARA: "Ces scènes de ménage avaient dérapé; c'est parce que tout simplement, "le gonze" aime jalousement; voire très jalousement, "sa gonzesse"! D'où, la question suivante: Celui, qui aime "très jalousement" "sa beauté", mérite-t-il absolument être "très sévèrement châtié", pour cet acte d'aimer?"".

Vu toutes ces plaidoiries de la part de Madame Alcina BARBARA, la question, qu'à la sortie de la prison de RODRIGUEZ, que ce dernier reste en Grande-Bretagne, ne posait plus du tout un problème.

L'on avait seulement besoin; et cela, bien évidemment: en toute urgence (; "en toute urgence"; c'est-à-dire: dans un court délai de seulement: Quatre jours ouvrables), de deux papiers officiels:

Un acte minuté de naissance de l'enfant Elisio GOMEZ RODRIGUEZ; c'est-à-dire: la fillette d'A. RODRIGUEZ; laquelle était née, quand ce dernier se trouvait en "taule", pour la première fois; et cela, pour une durée de dix mois.

Et ensuite, vu qu'Alberto RODRIGUEZ et Irène LUCINDAÇIO n'étaient pas "mariés"; et qu'ils ne faisaient-là, que vivre "maritalement", en attendant peut-être, "un éventuel mariage"; lequel n'allait peut être plus tarder; si et seulement si: il n'y avait pas de grosses mésententes entre "ces deux personnes"; alors, l'on avait en toute urgence, également (6) *{: [Et cela, absolument]. }* besoin" d'un certificat de reconnaissance de l'enfant, par le père (7) *{: C'est-à-dire: Alberto RODRIGUEZ, "un certificat" établi par la Mairie de leur commune. }*", afin de pouvoir confirmer vraiment que:

non seulement Alberto RODRIGUEZ était réellement le père "d'un petit Anglais"; ou plutôt: d'une petite Anglaise;

non seulement que celui-là, avait bel et bien reconnu son enfant par un acte officiel;

mais que par voie de conséquence, celle-ci [cet enfant féminin], avait absolument besoin de son père, pour pouvoir contribuer lui également, à son éducation.".

Ceux-ci dits, les choses semblaient s'arranger pour Alberto RODRIGUEZ, juridiquement parlant.

Mais hélas!, malheureusement, au moment où juridiquement parlant, les choses semblaient s'arranger pour "le pauvre" Alberto RODRIGUEZ; elles se bloqueraient "hermétiquement et impitoyablement", par la mauvaise volonté de Mademoiselle Irène LUCINDAÇIO elle-même; laquelle, pensant à toute l'injustice qu'elle avait eue à connaître; et dont celui-là justement, était l'instigateur; c'est-à-dire: pensant au fait qu'elle était emprisonnée, à cause "d'une délation" qui n'avait aucun sens d'être; à cause "d'une accusation" dont en vérité, elle n'y était et pourtant, pour rien du tout, dans ce dont on l'accusait injustement; alors, les choses se bloqueraient à cause d'Irène LUCINDAÇIO justement; laquelle refuserait très catégoriquement par conséquent, de faire parvenir dans les délais prévus à cet effet, devant le juge, ces papiers ainsi demandés en urgence.

Alberto RODRIGUEZ quant – à lui, il était tout de suite après la dernière ultime de la plaidoirie "de Maître" Alcina BARBARA, sorti de la prison de WORMWOOD SCRUBS; et il était ensuite conduit et gardé dans un Commissariat de Police; le Commissariat de Police de "R. Neville" (; ou plutôt: le Commissariat de Police "The King maker" ["Le Faiseur du Roi"]), en attendant, un délai de quatre jours ouvrés, afin que l'on fasse parvenir les actes d'État civil, originaux; lesquels l'on avait demandés; ou à défaut des originaux; alors, leurs copies certifiées et conformes; ou sinon: simplement des duplicata. D'où, le fait que ce délai de "Quatre jours ouvrables" (l'on ne prenait pas en compte les jours de week-ends et les journées fériées). D'où le fait que ce délai de "Quatre jours ouvrés", était en réalité, même de trop, si et seulement si l'on acceptait très franchement, de les lui obtenir; et ensuite, de lui faire parvenir en effet, ces papiers d'État civil.

Dans le cas où, dans ce délai en principe, très amplement suffisant, ceux-ci n'étaient guère parvenus au Commissariat; l'on allait tout simplement procéder par l'expulsion de l'intéressé; c'est-à-dire: de RODRIGUEZ, afin de le renvoyer chez lui, à São-Paulo.

Dans ce Commissariat de police, de tout le monde qui y était en en garde à vue, il y avait seulement, "un seul détenu", censé être "expulsable" et expulsé, pour ce moment-là, très précisément; et c'était lui Alberto RODRIGUEZ.

Lorsque ce dernier se retrouvait encore dans le Commissariat, en attendant qu'on lui envoie les papiers qui lui avaient été réclamés; dès le tout premier soir déjà, il avait demandé l'autorisation auprès du "Brigadier en chef"; lequel s'appelait Gerald FRANCK, afin qu'il puisse joindre "son veau IRÈNE", par téléphone.

On lui avait en effet permis de joindre cette dernière.

Mais seulement voilà, il n'arriverait pas du tout, du tout, à la joindre justement; ou plutôt, en vue de l'exprimer beaucoup plus correctement: celle-là en question, ne voulait pas du tout, du tout le sentir; et par voie de conséquence, elle lui avait toujours et encore toujours, raccroché au nez; dès même l'instant qu'elle entendait seulement sa voix.

Avec l'autorisation d'agents de garde, RODRIGUEZ avait fait en tout, plusieurs tentatives; mais malheureusement hélas!, à chaque fois, c'était la même chose: Irène LUCINDAÇIO ne tenait point du tout, du tout à lui parler; et elle était vraiment très, très ferme à sa décision. Elle était très, très catégorique; et Alberto RODRIGUEZ était coincé net. Il avait en tout tenté douze fois. Mais, rien à faire, il n'y parvenait point. Il ne parvenait guère à communiquer avec Mademoiselle Irène LUCINDAÇIO.

Cela étant, il n'avait plus d'autre alternative, que: d'abandonner cette voie-là.

Il n'avait plus d'autre alternance, que celle: d'abandonner cette voie-là qui consistait à entrer en contact direct, avec celle-là. D'où le fait, tellement qu'il se retrouvait dans l'imminent besoin; alors, l'idée lui arrivait dans sa tête, de passer par l'intermédiaire d'une tierce personne; laquelle réussirait sûrement à ne pas se faire raccrocher au nez.

"...∕... Dis-lui très explicitement et répète-le à elle, que la faute impardonnable; laquelle faute, était à la base de toute cette "dégénérescence", était celle commise par "un mec" aveugle et non expérimenté en matière de "vie hyménéale"! ...∕....".

Cela dit, le petit délai de "Quatre jours ouvrables", filait en toute vitesse; et il fallait absolument une solution en vue de sauver la pénible situation d'Alberto RODRIGUEZ. Ce faisant, celui-ci avait pensé faire une toute dernière tentative, en passant deux coups de fil, dont l'un, au service de renseignement, afin de demander le numéro de téléphone d'un de ses fidèles amis 1 *{: [C'est-à-dire: un certain Robert MERYC]. }*; lequel numéro de téléphone d'un de ses fidèles amis 1 justement; dont et pourtant, jusque-là, il se rappelait toujours et encore toujours par cœur; mais que curieusement pendant cet instant-là très précisément dont il en avait impérativement besoin, il ne s'en rappelait plus du tout, du tout. Il ne se rappelait même plus du tout, du tout si par exemple: ce Numéro se trouvait sur la liste rouge ou non. Quel sacré trou de mémoire!

Cela dit, le petit délai de "Quatre jours", filait toujours et encore toujours, en toute vitesse; et il n'en restait plus que "Deux" (; plus que "Deux jours ouvrés"; puisque l'on ne compte guère les week-ends et les journées fériées; car l'Administration, comme d'ailleurs la majeure partie d'activités, étant fermées ces jours-là; alors, c'est difficile d'aller chercher des pièces d'État-civil dans des bureaux des districts; lesquels sont bien évidemment fermés.).

Cela dit, RODRIGUEZ avait encore un certain soir 2 *{: En début de la soirée; c'est-à-dire: deux jours après qu'il eût fait la première tentative de coup de fil à destination d'elle-même, Mademoiselle Irène LUCINDAÇIO. }* demandé la permission à l'officier Gerald FRANCK; lequel était, avec quelques-uns de ses collègues, de garde, ce soir-là, en vue de passer encore deux derniers coups de fil.

L'Officier étant aimable; voire très aimable à son égard; il lui avait dit: "Allez-y dans ce local-là, derrière vous, juste à l'entrée; juste à la porte, à gauche, il y a un téléphone mural. Prenez le combiné; et faites le numéro indicatif: "0 ――― 0"; afin de sortir du site.".

A. RODRIGUEZ: "Merci beaucoup! Vous êtes vraiment très gentil, "M'Sieur" l'officier.".

"M'Sieur" l'officier Gerald FRANCK: "Soyez plus ou moins bref quand-même hein jeune homme!".

A. RODRIGUEZ: "D'accord.".

Et Alberto RODRIGUEZ avait d'abord téléphoné aux services de renseignements. Et comme son ami Robert MERYC ne se figurait pas sur la liste rouge; ainsi, il avait réussi à obtenir le numéro de ce dernier, à qui, il allait faire transmettre un message très, très urgent, pour "IRÈNE, son tas", pour ne pas dire "son ex-veau". En téléphonant à ROBERT, RODRIGUEZ était tombé sur "la vachasse" de ce dernier, répondant au nom de Karine HAMEL, épouse MERYC; et il lui disait: "Bonjour! C'est moi RODRIGUEZ! Alberto RODRIGUEZ!".

Karine HAMEL, épouse MERYC: "Ah! Bonjour Alberto RODRIGUEZ!".

RODRIGUEZ: "Bonjour KARINE!".

KARINE: "Ah!, t'es sorti de "taule "? T'es où actuellement?".

RODRIGUEZ: "KARINE, je n'ai pas beaucoup de temps! Est-ce que "ton Adam ROBERT" est là? Je voudrais absolument lui parler; et c'est vraiment très, très urgent!".

KARINE: "Tu as de la chance RODRIGUEZ! ROBERT vient d'arriver à peine, puisqu'il est 18 heures; et il rentre souvent du travail, à cette heure ici! Attends-, je m'en vais te l'appeler!".

KARINE, s'adressant à "son hominien ROBERT": "ROBERT! Viens vite! C'est de la part de RODRIGUEZ! Il est sorti déjà de prison! Il voudrait absolument te parler! Et il dit que c'est vraiment très, très urgent!".

Robert MERYC, à Alberto RODRIGUEZ: "Ah bonjour RODRIGUEZ! Ça y est! Tu es sorti à présent? Quelle bonne nouvelle!".

RODRIGUEZ: "En fait mon très cher ami Robert MERYC! Je ne suis pas du tout sorti! Il y a un gros problème! .../...!".

Alberto RODRIGUEZ avait imaginé une très habile stratégie, dont il croyait que: "Si cela pourrait marcher!" Son ancienne bien aimée" IRÈNE, allait quand-même finir par avoir "le cœur tendre"; c'est-à-dire: qu'elle allait quand-même finir par avoir pitié de lui; et par conséquent, elle allait finir par faire le nécessaire, afin de lui faire transmettre ces papiers demandés urgemment.". RODRIGUEZ ne tenait surtout pas du tout à l'exprimer très explicitement à son ami Robert MERYC que:

lorsque l'on établirait officiellement "la paternité" qui existait entre lui-même Alberto RODRIGUEZ d'une part; et de l'autre part, Elisio GOMEZ RODRIGUEZ, "la petite enfant britannique par le droit du sol"; ou "le droit de naissance"; qu'on le laisserait sans aucune autre forme de procès de plus.

Pour cela, A. RODRIGUEZ dirait à Robert MERYC: "…/… ROBERT! Il y a un gros problème! Je ne suis pas encore libéré! En fait, je suis sorti de la maison d'arrêt de WORMWOOD SCRUBS comme telle! Mais seulement voilà, je suis maintenu en garde vue, dans un Commissariat de Police! Et je suis condamné à l'expulsion, en destination de chez moi, à Sao-Paulo, dans en tout maintenant: "Quarante Huit Heures chrono pour ainsi dire, très exactement"!".

L'Officier Gerald FRANCK ici présent, m'a accordé juste quelques minutes d'autorisation de pouvoir utiliser leur appareil téléphonique mural; et c'est pour cela, que je t'appelle!

Tu n'en croirais pas en tes oreilles mon cher ami ROBERT; mais c'est vrai! Et qu'est-ce qui est vrai? Ce qui est vrai, ce que: Curieusement, je ne me souvenais même plus du tout, de ton numéro de téléphone! Et j'étais obligé d'appeler d'abord, le service des renseignements!

Ceux-ci dits, en tout cas, "dans en tout maintenant: Quarante Huit Heures chrono pour ainsi dire très exactement", je prendrai l'avion "manu militari", en vue de retourner chez moi à Sao-Paulo!

C'est tout comme étant délai que mon avocate, Madame Alcina BARBARA avait pu, en dépit de tous ses efforts qu'elle avait déployés sans moindre petit ménagement, en ma faveur; c'est tout comme étant délai qu'elle avait pu arracher malgré elle; et cela, de justesse; c'est un délai qu'elle avait pu, malgré elle, obtenir, pour juste le temps, afin qu'IRÈNE, puisse faire quand-même preuve d'humanisme à mon égard; c'est-à-dire: pour qu'elle fasse le nécessaire, afin que l'on établisse effectivement la paternité qui existe entre moi et l'enfant Elisio GOMEZ RODRIGUEZ!

C'est pour cela, l'on a besoin des actes de l'État civil 3. *{: "Originaux ou duplicata ou copies" ["photocopies"], peu importe! Mais dans le cas de ces dernières, que ça soient justement: "des copies" ou "des photocopies" certifiées et conformes "des papelards" ainsi demandés en tout cas. }*. L'on a absolument besoin du certificat de naissance et du "certificat de la reconnaissance de l'enfant", que nous avons fait établir, moi-même et elle, IRÈNE, à la Mairie déjà une fois (1). *{: Disait Alberto RODRIGUEZ, au téléphone, à son ami Robert MERYC. }*. """L'on a absolument besoin de ces preuves officielles "palpables-là": puisqu'approuver la paternité qui existe entre moi et l'enfant ELISIO, verbalement," ne comporte effectivement [et ils ont d'ailleurs raison de le souligner], aucun crédit sérieux!". C'est parce qu'après tout, tout le monde pourrait dire par exemple: "Ah!, moi aussi je suis le père de telle ou telle personne! (2) *{: Dirait RODRIGUEZ ensuite. }*"."""

""L'on voudrait que je présente" ces paperasses "demandées, c'est parce que moi-même, comme tel; comme vous le savez d'ailleurs très bien, avec KARINE (" ta beauté ")! C'est parce que moi-même, je n'ai plus de papiers de séjour, en règles! Je suis au commissariat; et l'on ne m'a pas accordé trop, trop de temps, pour téléphoner! D'où, toi qui es un de mes grands amis; et tu connais d'ailleurs très bien notre numéro de téléphone par cœur! Et si dans le cas où [pas impossible d'ailleurs], où tu ne te rappellerais plus de ce numéro! Moi je te le rappelle!""".

ROBERT: "Je l'ai toujours dans mon bloc-notes. Attends une petite seconde. N'est-ce pas que c'est le: 7 – 6 – 5 – 4 – 3 – 2 – 1 – 0?".

RODRIGUEZ: """Oui c'est cela! Un numéro assez facile à retenir; car il suffirait de décroître des chiffres, à partir de: 7, jusqu'à: 0! Alors appelle pour moi cette IRÈNE! Et essaie de la persuader qu'elle fasse quand-même un geste, afin de pouvoir "libérer sa propre conscience personnelle"; essaie de le faire pour moi s'il te plait ROBERT! Sois mon intermédiaire; c'est parce que les commissaires ont la bonne volonté, de me laisser téléphoner, tout en me précisant, que je sois quand-même, plus ou moins bref! D'où, ils m'ont permis; mais il ne faudrait pas non plus, que j'en profite, pour en abuser de trop! Il y a deux jours, étant très gentils, les officiers de garde, m'avaient déjà permis de téléphoner.""

""Mais j'avais depuis deux jours déjà (3) *{: "[48 heures], pour bien les préciser.", dirait Alberto RODRIGUEZ. }*, tenté d'appeler moi-même IRÈNE et essayer de lui parler ce que j'ai à lui dire! Mais à chaque fois, quand je l'appelle, je me présente, tout de suite, elle me raccroche au nez! À chaque fois, que je lui téléphone, dès-même qu'elle entend seulement ma voix, sans même m'accorder le temps de me présenter; elle me raccroche tout de suite au nez!""

""Alors dans cette situation, il m'est impossible de lui parler! Puisque cela fait depuis "vingt-quatre heures", "douze fois de suite", qu'elle me raccroche le téléphone au nez! (4) *{: "**D'où, en moyenne une fois, toutes les deux heures.**", dirait ensuite **RODRIGUEZ.** }*;""

""C'est pour cela mon cher ami ROBERT! Essaie de lui parler, de ma part!""

""Dis-lui clairement que ce n'est pas question que l'on recommence à vivre encore ensemble; puisque je sais très bien que cela ne l'intéresserait plus jamais, jamais, jamais et jamais! Et je le sais décidément très, très bien!""

""Dis-lui clairement que ce n'est pas question que moi RODRIGUEZ, je vais sortir bientôt; et que je reviendrais encore occuper l'appartement; lequel, quoique loué à son nom; mais néanmoins, que c'était moi Alberto RODRIGUEZ, qui l'avais obtenu!""

""Dis-lui clairement que ce n'est pas question, que je vais encore une fois de plus, afficher envers elle, cette jalousie viscérale, exacerbée et dangereuse; dont j'ai souvent l'habitude, de lui faire la triste démonstration; et je le reconnais moi-même.""

""Dis-lui clairement qu'elle est vraiment libre de mener sa vie comme elle entend la mener; même avec Lopez RAMIRO, par exemple! Et c'est dorénavant, bel et bien son affaire!""

""Précise-lui clairement qu'elle est libre de mener désormais sa vie, comme elle veut; entre-autres, "d'aller avec n'importe quel type, comme elle entend exactement le faire!". C'est bel et bien dorénavant, sa propre affaire!""

""Dis-lui clairement, que je lui laisse définitivement (5) *{: "Surtout que c'est loué à son nom.", lui préciserait "l'expulsé Alberto RODRIGUEZ". À noter que tous ceux que disait ce dernier, étaient plus ou moins écoutés attentivement par certains policiers; lesquels étaient de garde ce soir-là; lesquels le laissaient téléphoner, pendant plus ou moins très longtemps. }*, l'habitacle qu'elle occupe! Quoiqu'en réalité, c'était moi RODRIGUEZ qui l'avais obtenu; et que quoiqu'il n'y a pas très longtemps, je la menaçais par des divers courriers successifs et répétés, que je lui faisais parvenir, à partir de la prison; et lesquels étaient d'ailleurs restés "des lettres mortes"; que: si je sortais un jour, (puisqu'il aurait bien fallu que je finisse quand-même, par sortir un bon certain jour, pour ces crimes que j'avais commis); que: tant qu'elle occuperait toujours cet appartement, elle en pâtirait (6) *{: "Je l'emmerderais toujours très sérieusement.", "je lui avais écrit plusieurs fois, dans mes courriers; lesquels restaient hélas!, malheureusement, comme n'étant que des lettres mortes.". Lui dirait-il dans cette longue conversation téléphonique. }*!""

""Dis-lui très clairement que je lui abandonne à présent; et cela définitivement, cette demeure, où elle vit d'ailleurs actuellement, avec un de ses cousins (7) *{: C'est-à-dire: João – Santos BARRAY. }*; j'allais plutôt dire: avec un de ses amants, qui vient d'arriver, il y a un peu plus d'une année seulement, du Portugal, ou pour mieux le dire, des Îles de Madeira (8) *{: "Et que moi RODRIGUEZ, je suis au courant; puisqu'on me l'avait écrit; c'est parce que, de toutes les façons, IRÈNE, telle que je la connais, elle ne pourrait pas rester sans "amant" finalement; surtout qu'elle "très belle", "après tout!".". Poursuivrait RODRIGUEZ. }*!""

""Dis-lui très clairement que je lui abandonne tous les biens mobiliers que j'avais payés; et lesquels se trouvent dans "cette chacunière"; où elle habite (9) *{: Dirait RODRIGUEZ, à ROBERT ensuite. }*!""

""Dis-lui très explicitement et répète-le à elle, que la faute impardonnable (10) *{: "Que j'ai commise.", dirait RODRIGUEZ, à son ami ROBERT, au téléphone. }*; laquelle faute, était à la base de toute "cette dégénérescence", était celle commise par "un zigoto" aveugle et non expérimenté en matière de vie matrimoniale! Et "ce moineau", c'est qui? Et "cet oiseau", c'est moi Alberto RODRIGUEZ, fils unique d'Eliodoro RODRIGUEZ et d'Adelina JACINTA.!""".../...".

CHAPITRE III

"…/… Dis-à elle que j'avais dépassé les bornes, c'est parce que je l'avais aimée et d'ailleurs à ce sujet, je l'aime encore toujours; et je voulais la garder pour moi tout seul et non pas la partager avec un certain Lopez RAMIRO!".

L'officier Gerald FRANCK, après avoir écouté quelques "belles phrases d'amour" prononcées par "l'expulsée; c'est-à-dire: par Alberto RODRIGUEZ; il ne pouvait plus s'empêcher de dire par exemple à son collègue Bruno GRANDA; lequel était comme lui, également de garde ce jour-là: "Eh, eh BRUNO?".

Bruno GRANDA: "Oui ih!, ih, ih!".

Gerald FRANCK: "Écoute-donc "les très belles phrases d'amour" de "l'expulsé"; et observe-donc très, très discrètement en même temps, ses émotions apparentes!".

Bruno GRANDA: "Où".

Gerald FRANCK: "Au téléphone mural-là! Mais fais semblant de ne pas le regarder; tout en l'observant assez discrètement! Et écoute en même temps ceux dont il raconte à son interlocuteur!".

Bruno GRANDA: "Ou que j'écoute en même temps ceux dont il raconte à son interlocutrice! Sait-on jamais hein!".

Gerald FRANCK: "Je dis: "son interlocuteur"; c'est parce qu'il a parlé d'un certain ami à lui ROBERT, se trouvant au bout du fil!".

Bruno GRANDA: "Oui, dans ce cas-là: "interlocuteur" alors!".

Gerald FRANCK: "Écoute: Comment décrit – il la manière dont il avait aimé une "certaine gonzesse"!".

Bruno GRANDA: "D'accord! Écoutons-le!".

Gerald FRANCK: "D'accord! Écoutons-le!".

Et Alberto RODRIGUEZ continuait de parler à son ami Robert MERYC, au téléphone du commissariat de police.

RODRIGUEZ, à ROBERT: """"Dis-lui très clairement et répète-le à elle, que la faute impardonnable que moi RODRIGUEZ j'avais commise, s'avère être celle d'aimer "une comtesse", en occurrence elle Irène LUCINDAÇIO, plus que tout autre être vivant dans ce monde; y compris: plus que moi-même!"""".

Bruno GRANDA, s'exprimant à son collègue Gerald FRANCK: "Oh là, là! Que c'est beau! Attends, tends, tends FRANCK! Je vais aller appeler "notre collègue flic féminin" Joanna EDITH, pour qu'elle également, elle vienne écouter ces très jolies phrases romantiques! Et l'on verra quelle serait sa réaction, en tant "qu'un être féminin" justement!".

Gerald FRANCK: "Vas – y! Appelle-la. Comme c'est "une dame"; elle nous donnera, son avis!".

 Bruno GRANDA: "Bon! Il ne faudrait surtout pas l'interrompre hein!".

Gerald FRANCK: "T'inquiètes BRUNO! Ne t'inquiète pas!".

Et Madame Joanna EDITH était arrivée; et elle écoutait ensemble avec ses deux collègues Gerald FRANCK et Bruno GRANDA; et cela, très discrètement, ceux que disait "l'expulsé" Alberto RODRIGUEZ.

Cela dit, Madame EDITH dirait: "Que c'est beau! Ne l'interrompons pas, afin d'écouter encore plus, de ces belles phrases d'amour!".

Gerald FRANCK: "Certes que "l'expulsé" abuse un peu trop, du téléphone! Mais je le laisse encore continuer un tout petit peu; et comme cela, vous allez continuer d'écouter ses belles phrases! Mais plus ou moins discrètement; sinon, s'il découvre comme quoi qu'il est observé et écouté; il se gênerait; et il va tout simplement raccrocher, sans même qu'on le lui demande!".

Madame Joanna EDITH: "Bien sûr que discrétion-oblige! Que c'est beau! Que j'aimerais que "mon gentleman" aussi m'aime de cette manière-là! Mais attention! Pas en me battant hein! Ni même pas en malmenant ma gamine de dix mois; encore moins: en battant mon fiston de dix ans hein!".

Gerald FRANCK: "Oui bien sûr!".

Bruno GRANDA: "Cela va sans dire!".

Joanna EDITH: "Comme je viens de le dire, on le laisse d'abord parler; et comme ça, nous, nous en profitons pour écouter ceux qu'il dit!".

Gerald FRANCK: "D'accord, aucun problème!".

Bruno GRANDA: "Aucun problème surtout pour le fait que: non seulement qu'il y a d'autres lignes téléphoniques dans "cette boutique"; en vue de pouvoir parer en cas de besoin; mais aussi que ce n'est pas nous qui la payons, cette très, très longue communication téléphonique! Ce n'est pas nous qui payons la note de téléphone!".

EDITH: "C'est quand-même nous hein! Mais indirectement, par nos impôts!".

FRANCK: "Tout à fait!".

BRUNO: "Oui, c'est vrai. Mais.".

EDITH "Mais?".

BRUNO: "Mais, vu que c'est quasiment tous-ceux qui touchent un salaire; pour ne pas dire "un bon salaire", qui, payent! Alors, nous ne faisons même pas trop attention sur ce que nous-mêmes, nous payons pour ce téléphone de service, par exemple!".

EDITH: "Écoutez! Écoutez ces jolies phrases d'amour! [Je cite]: ""Dis à elle très clairement et sans complaisance que ma très grave faute qui, du coup, s'avère être impardonnable, était celle "d'un miston" qui affichait à l'égard de "sa mistonne", dont il aimait; et dont il continue toujours d'aimer par-dessus tout; c'est-à-dire: dont il aimait; et dont il continue d'aimer comme étant "une déesse sur cette terre": une jalousie viscérale et dangereuse!""".

BRUNO: "Sch, sch! "L'expulsé" va remarquer que nous l'observons; et que: nous l'écoutons en même temps! Alors, il va avoir honte; et il va raccrocher lui-même le combiné téléphonique, sans même pour autant, qu'on le lui demande, de le faire!".

EDITH: "Alors, l'on continue de l'écouter très discrètement; et cela, sans faire des bruits!".

Et Alberto RODRIGUEZ qui ne se doutait de rien, poursuivait tranquillement, son coup de fil. Il disait à son ami Robert MERYC: """.../..""

""Dis à elle, très clairement que ma très grave faute qui, du coup s'avère être impardonnable, était celle "d'un paroissien" qui avait trop, trop aimé "sa paroissienne"; laquelle hélas!, malheureusement, le trompait!""

""Dis à elle, très clairement; et cela, sans aucune complaisance, que ma très grave faute; laquelle, du coup, s'avère être impardonnable, était belle et bien, celle "d'un cheval" qui affichait à l'égard de "sa jument", dont il aimait; et qu'il continue d'aimer par-dessus tout; c'est-à-dire: dont il aimait; et dont il continue d'aimer comme étant: "une déesse sur cet Univers ": une jalousie viscérale; une jalousie exacerbée; et par conséquent: "une jalousie dangereuse"."

""Mais dis-lui que je ne savais pas.""

""Dis à elle que c'était seulement parce que je l'aimais; et que je continue encore de l'aimer considérablement.""

""Pose-lui très explicitement la question, si: "Quoi, y'avait-il de mal au juste, d'être jaloux; voire très jaloux; afin de pouvoir essayer de garder pour soi-même; et quand je dis: pour soi-même; c'est vraiment pour soi-même; c'est-à-dire: pour moi Alberto RODRIGUEZ tout seul, celle dont j'aime énormément?".""

""Dis à elle très clairement que j'aurais pu à ce sujet, faire un milliard de lettres, ou même plus; si ce serait possible; sur lesquelles, j'aurais pu tranquillement écrire (1) *{: "Si et seulement si cela; c'est-à-dire: "Un milliard de lettres, ou même plus!", étaient belles et bien faisables de pouvoir les écrire!". Lui ajouterait-il. }*, par exemple: "Irène LUCINDAÇIO, je t'aime de trop! Irène LUCINDAÇIO, je t'aime de trop, trop! Irène LUCINDAÇIO, je t'aime de trop, trop, trop!".""

""ROBERT! Surtout confirme-lui très explicitement que maintenant: pour avoir trop aimé "une poule"; que je suis devenu comme étant: "une poule mouillée dans l'eau glacée par exemple "! Pour ne pas dire: "dans l'eau gelée "!""

""Confirme-lui, très explicitement ROBERT, que maintenant que j'ai très bien pigé que l'on ne devrait absolument pas aimer "une femelle" (2) *{: "N'importe laquelle: peu importe!", lui préciserait-il. }*, de cette manière-là, que moi ALBERTO, je l'avais aimée; et que je continue toujours de l'aimer! Puisque voici à présent, les résultats de course:""

""Une très, très profonde déchirure entre nous deux; avec en prime: la prison pour moi! La prison pour elle! Et sans oublier, le processus d'expulsion, engagé en mon encontre!""

""ROBERT mon ami! Dis à IRÈNE très explicitement que je lui "laisse" la gamine que nous avons eue ensemble!""

""Rappelle-lui par exemple, que je lui avais procuré "une voiture B M W toute neuve "!""

""Rappelle-lui par exemple que je lui avais également procuré un très joli et très grand pavillon chez elle, dans l'Île de Madeira, se trouvant dans l'Océan Atlantique; et lequel pavillon bien évidemment, comporte bel et bien, son nom!""

""Rappelle-lui par exemple que je lui avais procuré beaucoup de bijoux et pleins d'autres choses de luxe!""

""Rappelle-lui que tous ceux que je faisais à son profit, c'était avec "des taffetas" que je détournais dans le compte londonien de mon père; lequel père m'avait et pourtant fait confiance; et que moi de ma part, je lui avais fait la preuve d'un considérable abus de confiance! Et cela pour qui? Et cela pour "une sirène ": elle Mademoiselle Irène LUCINDAÇIO!""

""Rappelle-lui qu'à cause de cela, moi Alberto RODRIGUEZ, j'étais entré dire, "en disgrâce", aux yeux de mon paternel!""

""Et tous ceux-là, c'est pourquoi?""

""Et tous ceux-là, c'est parce que j'aimais; et que j'aime encore et encore toujours jusqu'à présent "une sirène "!""

""Hum mm! J'avais fait la preuve d'un considérable abus de confiance envers mon papa! Et cela pour qui? Et cela pour "une sirène ": elle Mademoiselle Irène LUCINDAÇIO!""

Et l'on en passe et des meilleurs. Et comme par hasard, pour Aminata Ayichatoune du "Mali", c'est exactement pareil.

""Hum mm! Pour "une poule "! Faire un considérable abus de confiance! Et cela, pour "une poupée "! Et qui est "cette pépée "?""

""Et "cette bringue" c'est elle: Mademoiselle Irène LUCINDAÇIO!""

""N'est-ce pas là, la preuve irréfragable et irréfutable "d'un fils d'Adam" qui a trop aimé "sa fille d'Ève"; et qui continue encore, malgré lui, à toujours l'aimer (3) *{: Dirait Alberto RODRIGUEZ, à Robert MERYC. }*? Pour ne pas dire: N'est-ce pas là, la preuve irréfragable et irréfutable "d'un quidam" en manque de maturité?""

""Et, lorsque celui (4) *{: "C'est-à-dire: moi RODRIGUEZ!", dirait-il. }*, dont elle (5) *{: "C'est-à-dire: elle, IRÈNE!", dirait-il ensuite. }*, "ne s'était d'abord que tout simplement amouraché";

et que par la suite finalement; et cela, très curieusement, elle s'était enfin, "attachée", comme étant "une colle" par exemple! Et par voie de conséquence, elle l'avait fini par trop aimer! Et que "ce gentilhomme" en question; c'est-à-dire: moi-même Alberto RODRIGUEZ, la trompe subitement, avec "une autre fumelle "!""

""Une question se poserait incontestablement dans ce cas-là: N'aurait-elle pas le droit de se fâcher; tout en perdant par exemple carrément sa tête; et par conséquent, d'agir comme moi, je l'avais fait?""

""Ou en m'exprimant autrement: Et commettre toutes les bêtises, à l'instar de toutes celles que moi-même RODRIGUEZ, j'avais commises?""

""C'est-à-dire: dissimuler par exemple carrément "le stupéfiant "que j'avais payé chez des gens que je connais; monter" une conjuration "machiavélique, avec deux de mes fidèles amis! Et dire que c'était belle et bien elle (6) *{: **C'est-à-dire: elle, Mademoiselle Irène LUCINDAÇIO.** }*: "le dealer"! Et par conséquent, qui le revendait?""

""Tous ceux-là, c'étaient la conséquence du fait que je l'aimais "d'un amour aveugle "! Mon très cher ami ROBERT, explique-le lui, très explicitement.""

""Explique-lui très clairement, que je le reconnais moi-même très solennellement que: c'est vrai que ce n'est très franchement pas une excuse, pour avoir agi à son égard, comme moi je l'avais fait: brûler par exemple ses vêtements et les actes de l'État civil de notre enfant; malmener: et "les pauvres mômes innocents"; et même "leur maman", au point de l'envoyer à l'hosto, au service des urgences!""

""Explique-lui ROBERT, que je n'étais plus moi-même! Je ne me retrouvais plus dans mon état normal!""

""Explique-lui clairement que j'avais agi de la sorte; c'est parce que je l'aimais; et que je l'aime encore d'ailleurs toujours de trop; de trop, trop; de trop, trop, trop; et que malheureusement hélas!, je la sentais déjà, me quitter inexorablement; et aller chez un certain Lopez RAMIRO!""

""Dis-lui clairement, que cela étant fait hélas!, malheureusement! D'où, pour la suite des événements lesquels allaient tout à fait logiquement suivre, je me sentais moi-même déjà, être emprisonné!""

""Explique-lui très clairement que les nouvelles données de la situation, devenant désormais ainsi! D'où, afin de priver également LOPEZ, de celle que j'aimais; et que j'aime encore toujours, j'avais pensé à une double alternative!""

""Et quelles étaient ces deux alternatives?""

""C'est premièrement: "la bousiller carrément "! Puis "me bousiller aussi moi-même par la suite"!""

""Comme cela, Lopez RAMIRO également n'aurait plus rien! .../...!""" .../... "

Bruno GRANDA, un des officiers de la police judiciaire qui écoutait parler Alberto RODRIGUEZ, et s'adressant à un de ses collègues; c'est-à-dire: à Gerald FRANCK, il dirait: "Ça! C'est grave ça, ceux que dit "l'expulsé "!".

Gerald FRANCK: "" L'expulsé" n'est pas un con! S'il le dit lui-même maintenant! C'est parce qu'il l'avait déjà avoué chez le juge; et par conséquent, on l'avait condamné déjà pour entre-autres: ce crime-là!".

Bruno GRANDA: "Oui, c'est vrai!".

Alberto RODRIGUEZ, continuant de parler à son ami Robert MERYC: "

""Et deuxièmement: ou alors la salir (7) *{: **Salir Mademoiselle Irène LUCINDAÇIO, en l'accusant injustement.** }*; la salir d'abord "comme il le faudrait vraiment"; "une salissure" entraînant pour elle par conséquent, incontestablement, une prison ferme!""

""Et comme cela, Lopez RAMIRO va la détester; la larguer; et cela, définitivement!""

""Ainsi, il aurait préféré trouver "une autre rombière "!""

""Et laisser "une petite porte plus ou moins ouverte", pour plus tard, entre moi et elle (8) *{: **Elle: IRÈNE.** }*!""
""Afin de recommencer comme avant, lorsque l'on sortirait; et d'oublier le passé!""

""Mon cher ROBERT! Dis-lui très clairement que ce n'était que la colère qui m'avait poussé à me comporter de la sorte!""

""Et demande lui pour moi: "Si c'était elle "le poulain "! C'est-à-dire: elle [, Alberto RODRIGUEZ]! Et que moi [, elle "la pouliche"]! C'est-à-dire: elle (9) *{: C'est-à-dire: Irène LUCINDAÇIO. }*, avec toutes ces péripéties! Elle aurait fait quoi, afin de pouvoir encore, garder "celle" "qu'elle aimait beaucoup?"."".

""Dis-lui très clairement qu'elle me réponde très franchement!""

""C'est bon: OUI – OUI! ""Dis-lui très explicitement, qu'elle se souvienne de tous-ceux que j'ai énumérés ci-hauts (10) *{: "Et encore, je n'ai pas énuméré tous! C'est parce que ceux-là, n'importent peu! Puisqu'après tout! Elle avait bel et bien été, ne fût-ce qu'un tout petit moment seulement: "ma déesse préférée", sur cet Univers non! Ou du moins, ce que moi je croyais!". Dirait RODRIGUEZ, à ROBERT. }*!""

""C'est bon: OUI! ""Dis-lui très explicitement que moi RODRIGUEZ je suis "en grande mésentente avec mon géniteur", à cause de tous ceux-là!""

""C'est bon: En effet!, d'accord! ""Dis-lui très clairement que pour tous ces faits et gestes-là, que moi RODRIGUEZ je faisais à son égard!""

""C'est bon: D'accord!, En effet! ""Que je lui demande seulement: "deux petites paperasses"; ou même "à la limite, un seul de ces deux papelards "! L'essentiel en est que l'on trouvera quand-même le nom de RODRIGUEZ, figuré dessus!""

""C'est bon oui! ""et oui; c'est bon: D'accord!, en effet! ""Dis-lui que je sais très bien qu'avec "ma folie d'amour" de l'autre jour; c'est-à-dire: de ce maudit jour, où tout était fichu à tout jamais, à cause de ce coup de fil de Lopez RAMIRO!""

""C'est bon: OUAIS! ""Que j'avais moi-même; brûlé les originaux, que j'aurais dû garder; alors qu'elle, avec tous ses efforts, elle m'en empêchait; mais que moi, j'avais été, et je le reconnais: intrépide et impitoyable contre elle; et que bien au contraire, je la tabassais davantage, pour avoir osé essayer de me faire empêcher de brûler ces deux papelards! C'était "une vraie bécasserie" de ma part!""

""Bien sûr! C'est tout à fait sûr! ""C'était vraiment "une vraie bêtasserie" de ma part!""

""C'est: Très bien! ""Si seulement je n'avais guère commis "cette badauderie-là ": À l'heure actuelle, le problème ne serait même pas posé! Enfin, l'on réfléchit souvent, quand c'est trop, trop tard! Il avait fallu que je réfléchisse bien avant de pouvoir brûler ces paperasses! J'ai dit que: C'est trop, trop tard! Mais en réalité: elle pourrait encore faire quelque chose en ma faveur! Elle pourrait encore m'aider! Si et seulement si: toutefois, elle accepte de le faire bien entendu! Ce faisant!""

""Tout à fait correct! ""Ce faisant: Dis-lui, si, elle tient très franchement à m'aider en dépit de toutes mes absurdités que j'avais commises!""

""C'est bon: –D'ac! ""Elle a en tout et pour tout: encore que vingt-quatre heures, pour le faire! Sinon, ça serait trop tard!""

""C'est bon: OK! ""Elle a encore vingt-quatre heures, pour aller demander des duplicatas à la Mairie! Et me les faire parvenir au commissariat, le plus rapidement possible; à ce sujet, voici l'adresse du commissariat où je me retrouve: c'est le (11) *{: "Le N° 6386, Broadway London SW 1H 0BD.", lui dirait Alberto RODRIGUEZ. }*; ou même à défaut de me les faire parvenir au commissariat, de me les faire parvenir chez mon avocate, dont voici l'adresse (1) *{: "Le N° 527, New Bond Street London W 1Y 9 DD.", lui ajouterait RODRIGUEZ. }* et le numéro de téléphone (2). *{: "Le N° 00 11 22 33.", lui dirait-il, encore. }*""

""C'est bon: ""Dis-lui très clairement que n'importe comment! L'on m'expulserait toujours! Et elle ne me verrait plus jamais sur cette terre britannique; mais au moins, l'on me laisserait un certain délai raisonnable, juste pour le temps, que mes amis et quelques gens de ma famille élargie; lesquels se trouvent ici à Londres, puissent me rencontrer avant tout!""

""C'est bon: HUH – HUH! ""Et qu'ils puissent par voie de conséquence, me faire certains achats; et qu'ils puissent me remettre "éventuellement" certains cadeaux; et surtout, qu'ils puissent aller me récupérer mes vêtements dans l'appart où elle, IRÈNE, habite maintenant; c'est parce que si je lui dis de me les apporter! Je sais très bien, qu'elle n'accepterait pas!""

""C'est bon oui! ""Dis-lui que j'ai absolument besoin de ces fringues, pour que je retourne au moins "propre", à São Paulo; surtout que j'ai passé finalement ici en Europe, "tranquillement ""une décennie", sans pour autant, songer un seul petit instant, à retourner au moins une fois chez moi, à São Paulo justement!""

""C'est bon oui! ""x ""Et oui! ""Dis-lui si, elle ne me fait pas faire parvenir les papiers d'État civil que je lui ai demandés; je pendrais; et cela, sans aucune autre forme de "procès" de plus, l'avion de "la Société British Air-Way"; dans lequel une place m'est réservée, dans vingt-quatre heures; et ainsi, je serais expulsé tout sale; comme je suis maintenant, sans avoir même une petite sacoche sur moi, à la main!""

""C'est bon, ouais! ""Et ouais! ""Et cela serait très triste pour moi et pour ma mère.""

""C'est bon oui! ""et oui; c'est bon: D'accord!, en effet! ""Dis-lui que cela serait doublement très triste; c'est-à-dire: pour moi-même, d'une part; et de l'autre part: pour ma mère à São Paulo; c'est parce que je viens de l'apprendre seulement maintenant, que mon père, dans le cadre de ses multiples affaires, il s'était crashé avec un petit jet privé; et dont il n'y avait aucun survivant! Et que cela s'était passé il y a trois mois déjà! Un crash d'avion! Quelle triste fin pour mon père! Quelle mort aussi tragique! Quelle tristesse pour moi!""

""Dans ce petit jet privé, en comptant les trois membres de l'équipage, il y avait en tout quatorze personnes, mais qu'il y avait, comme je viens de le dire, aucun survivant!""

""Cet accident s'était déroulé, il y a trois mois; mais, vu que l'on ne tenait surtout pas à me démoraliser davantage, avec tous mes soucis, dus au fait de demeurer en tout deux fois dans un univers carcéral! Alors, l'on avait d'abord préféré que ma situation puisse d'abord se débloquer un peu; afin qu'on se décide finalement, de pouvoir quand-même malgré tout, m'annoncer cette bien triste nouvelle! C'est pour cela, que l'on vient de me l'annoncer seulement à peine!""

""Dis-lui très clairement: si elle ne me fait pas parvenir ces papiers d'État civil; qu'elle sache au moins que mon avocate, [" Maître "] Alcina BARBARA, avait tout fait, malgré elle; et que la justice britannique avait bel et bien compris la délicate situation, à laquelle je me retrouve finalement; et qu'elle voulait par voie de conséquence, être indulgente à mon égard; et peut-être bien aussi: me relâcher!""

""Mais que c'est bel et bien elle, "ma Célimène", pour ne pas dire: "mon ex-Célimène"; c'est-à-dire: elle (3) {: Irène LUCINDAÇIO. }, qui a "signé" pour ainsi dire, par "son attitude de négation obstinée ": "l'acte de non-indulgence", vis-à-vis de moi; et même de surcroît: "mon acte d'expulsion".""

""Dis-lui très explicitement, que dans ce cas-là, moi j'irais sûrement "trépasser" à São Paulo, par suite des soucis divers! Mais que dans sa vie, sa conscience ne serait désormais, plus jamais tranquille!""

""Et que par conséquent, elle aurait toujours et encore toujours sur elle; et cela, à tout jamais: "Une Autre Forme de Torture de sa Propre Conscience "!""

""Dis-lui que j'avais dépassé les bornes; c'est parce que je l'avais aimée; et que d'ailleurs à ce sujet, je l'aime encore toujours et encore toujours; et je voulais la garder pour moi tout seul et non pas la partager avec un certain Lopez RAMIRO!" ".../...".

Joanna EDITH, s'adressant à ses collègues: "Écoutez mes très chers collègues, cette derrière phrase [je cite]: "…/… C'est parce que je l'avais aimée et d'ailleurs à ce sujet, je l'aime encore toujours et encore toujours; et je voulais la garder pour moi tout seul et non la partager avec un certain Lopez AMIGO …/…!"."

Gerald FRANC: "" RAMIRO" et non "AMIGO "!".

Joanna EDITH: ""Oui "Un certain Lopez RAMIRO!". [Fin de citation]. Quel joli style!" ""."

Bruno GRANDA: "Que c'est beau!".

Gérald FRANCK: "Bon! Mes chers collègues, nous arrêtons. Nous allons nous arrêter là; c'est parce que pendant tout le temps où nous, nous suivons plus ou moins; et par conséquent, nous contemplons ses émotions, "l'expulsé" quant – à lui, il en profite très, très considérablement du téléphone de service; et il n'est même apparemment pas encore prêt, à pouvoir s'arrêter! Alors.".

Joanna EDITH: "Alors?".

Gerald FRANCK: "Alors, nous allons l'interrompre tout simplement!".

Joanna EDITH: "Que c'est dommage!".

Bruno GRANDA: "L'on avoue très franchement que l'on suivait-là," un spectacle-audio", pour ainsi dire; et voire: "audio-visuel, de très haut niveau"; et cela, gratuitement; et c'est bien dommage de s'arrêter!".

Gerald FRANCK: "Ce n'est pas du tout gratuit! Très loin de-là! Ça coûtera à notre service, beaucoup trop cher, pour la note de téléphone!".

Bruno GRANDA: "Oui, c'est vrai.".

Gerald FRANCK: "Alors nous allons l'interrompre. Nous allons l'interrompre, d'autant plus que nous avons du boulot "les gars"! (les collègues!, voulait-il dire)".

Et l'officier Gerald FRANCK ferait signe, lui-même à "l'expulsé"; c'est-à-dire: à Alberto RODRIGUEZ, afin de lui parler. Cela dit, ce dernier, remarquant que l'on voulait lui parler, il disait à Robert MERYC, son interlocuteur qui se trouvait de l'autre bout de la ligne: "Un instant! Ne quitte pas ROBERT! On veut me parler!".

Effectivement, l'officier Gerald FRANCK, écoutant seulement la dernière phrase de RODRIGUEZ et après avoir fait part à ses collègues, que l'on allait s'arrêter-là; il dirait par conséquent à celui-là: "Et "M'Sieur" "l'expulsé "? Cela fait déjà toute une éternité que nous avons eu l'amabilité de vous libérer volontairement cette ligne téléphonique-là! Maintenant ça suffit le très, très long discours! Nous vous accordons maintenant, seulement quelques secondes, pour conclure; c'est parce que, quoique, c'est l'État qui paye la facture; et que ce ne sont pas nous les employés, qui la payons directement (4) *{: "Sauf indirectement, par nos impôts, bien sûr!", préciserait l'officier FRANCK, à "l'expulsé" RODRIGUEZ. }*; mais, les deux autres lignes téléphoniques aussi, commencent à être saturées! D'où, il est vraiment grand temps pour vous maintenant, que vous puissiez nous libérer cette ligne que vous avez bloquée depuis maintenant, tout un siècle déjà! L'on est bien gentil; c'est parce qu'on est au courant de votre problème, mais quand-même! Il ne faudrait pas non plus, en abuser! Il faudrait reconnaître, qu'il y a des limites à tout!".

Cela dit, Alberto RODRIGUEZ continuerait de s'adresser à Robert MERYC, son interlocuteur, pour conclure. Pour cela, il lui dirait: """J'arrête "cette longue narration téléphonique"; pour ne pas dire, "cette longue conversation téléphonique"; et je remercie considérablement "les gardiens de la paix" qui ont bien voulu me laisser tout tranquillement, téléphoner!""

""J'arrête "cette narration téléphonique"; et j'attends que tu me téléphones, à ce numéro un instant …/…!""…/…".

RODRIGUEZ s'adresserait ensuite, à un des officiers de police; en disant: "" M'Sieur" l'officier! S'il vous plait! Pourriez-vous me dire le numéro de téléphone d'ici? C'est parce qu'on va me téléphoner, afin de me donner la suite de tous ceux que je viens de parler, à un de mes amis; lequel va entrer en contact, avec" mon ex-régulière "!".

Et "M'Sieur" l'officier Gerald FRANCK, à qui RODRIGUEZ s'était adressé, répondrait: "C'est le numéro: 12 34 56 78.".

RODRIGUEZ, à l'officier FRANCK: "Ah! Je n'ai même pas sur moi ici, un stylo et un papier, afin de le noter!".

L'officier FRANCK: "Mais! Mais l'on ne risque point d'oublier un tel Numéro; car il suffit de compter seulement de: 1 à 8; puis le tour est joué eh! Mais enfin, prenez quand-même, ce stylo et ce bout de papier ici, en vue de le noter!".

RODRIGUEZ: "Merci beaucoup, "M'Sieur" l'officier!".

L'officier FRANCK: "Prêt?".

RODRIGUEZ: "Oui, prêt!".

L'officier FRANCK: "Alors, c'est le N° 12-34-56-78.".

RODRIGUEZ: "Merci beaucoup "M'Sieur" (5) *{: Et ensuite, Alberto RODRIGUEZ continuerait de s'adresser à son ami Robert MERYC, afin de lui transmettre ce numéro de téléphone qu'il venait de recevoir, de la part de l'officier Gerald FRANCK. }*!".

Et RODRIGUEZ dirait ensuite à R. MERYC: "ROBERT?".

ROBERT: "Oui ih!, ih, ih!".

A. RODRIGUEZ: "Note ce numéro. C'est le 12-34-56-78. Et l'on ne risque point d'oublier un tel Numéro; car il suffit dans ce cas-là, de compter seulement de: 1 à 8. Et note encore le numéro de téléphone de Madame Alcina BARBARA, mon avocate; et même, son adresse; puisqu'IRÈNE pourrait, dans ce cas-là; si et seulement si, elle le voudrait bien: entrer directement en contact, avec elle!".

ROBERT: "Donne-les!".

RODRIGUEZ: "Elle habite au N° 527 New Bond Street London W 1Y 9 DD; et son numéro de téléphone est le 00 – 11 – 22 – 33. Et une fois encore, l'on ne risque point d'oublier un tel Numéro; car il suffit de compter seulement de: 0 à 3; mais en répétant à chaque fois, ces quatre chiffres en question.".

ROBERT: "Oui, c'est très bien noté!".

Et c'était de cette manière-là, qu'Alberto RODRIGUEZ avait conclu "sa très, très longue narration téléphonique", tolérée par les policiers de garde. Il était sur le point de dire: "Au revoir!", à Robert MERYC;

puis, justement celui-ci dirait à RODRIGUEZ: "RODRIGUEZ! Attends une ou deux minutes! Tous les deux numéros de téléphone et les deux adresses que tu m'as dictés, je les ai notés seulement par cœur; alors, je me rends à présent compte, que c'est imprudent de ma part! Puisque, même si apparemment, ces deux Numéros semblent faciles à mémoriser! Mais, sait-on jamais! Je risque malgré tout, de les oublier quand-même; et cela, avant même que je puisse entrer en contact, avec IRÈNE! Cela dit, attends une petite seconde, que j'aille chercher une feuille et un stylo, afin que tu me les répètes encore une fois de plus!".

RODRIGUEZ: "D'accord, j'attends (6). *{: Puis, quelques secondes plus tard, Robert MERYC était revenu, de l'autre côté du bout du fil; et il disait: –––. }*.".

ROBERT: "Je suis prêt maintenant.".

RODRIGUEZ: "Alors le numéro du téléphone du commissariat où je me trouve actuellement, est le: 1 – 2 – 3 – 4 – 5 – 6 – 7 – 8. (7). *{: Et ensuite, Alberto RODRIGUEZ lui répéterait: le numéro de téléphone de son avocate; l'adresse du commissariat où il se retrouvait (après l'avoir encore une fois de plus, demandée, lui-même, auprès d'un des agents de garde, pour la confirmation); et enfin, l'adresse de son avocate. }*".

ROBERT: "Cette fois-ci, tout est bien noté.".

RODRIGUEZ: "Quand tu vas appeler!".

ROBERT: "Oui ih!, ih, ih!".

RODRIGUEZ: "Tu diras que tu voudrais parler avec "l'expulsé Alberto RODRIGUEZ "! D'ailleurs.".

ROBERT: "D'ailleurs?".

RODRIGUEZ: "D'ailleurs, je ne suis que "le seul expulsable" et "le seul expulsé", pour le moment, dans tout ce commissariat-ici! Alors, l'on ne risque pas de se tromper!".

ROBERT: "Cela dit?".

RODRIGUEZ: "Cela dit, je vais raccrocher; et j'attends impatiemment ton coup de fil!".

ROBERT: "Aucun problème RODRIGUEZ!".

Si lui Alberto RODRIGUEZ se sentait enfin-là par exemple, posséder en lui: un certain poids dans sa conscience, au sujet du mal qu'il avait fait "à l'époque", à Madame Valery GLED, épouse REDLER!

N'était-il-là déjà: le moment d'appeler: et cette dernière justement; et leur "ancien" patron Imbourt GUERIN; et leur "ancien" ami Hamman GENSEN; et plusieurs autres diverses personnes; lesquelles serviraient par conséquent, des témoins; afin finalement: de "battre" publiquement et solennellement, "sa coulpa" [afin de battre sa coulpe]; et peut-être bien qu'ainsi, les esprits cachés; lesquels les châtiaient sévèrement de la sorte, allaient finir par avoir pitié de lui; et par voie de conséquence, ils allaient finir par faire en sorte aussi; et cela: assez mystérieusement, de manière à le délester, de toutes les tracasseries qu'ils connaissait; lesquelles en réalité, étaient directement et irrationnellement liées, au mal que lui-même Alberto RODRIGUEZ avait injustement fait à Madame Valery GLED, épouse REDLER?

".../... Pourquoi me parler de ce fumier-là? Pourquoi me parler de ce malade-là? Pourquoi me parler de cette peste-là? .../....".

Et Alberto RODRIGUEZ avait enfin raccroché le combiné téléphonique mural. Tout de suite après, Robert MERYC; lequel ne voyait guère: Par où commencer de parler, de tout ce long message, à adresser à Mademoiselle Irène LUCINDAÇIO; il avait néanmoins préféré être très succinct. Cela dit, il avait pris son appareil téléphonique; il avait appelé celle-ci. Il ne savait même pas que cette dernière avait par exemple, trouvé un travail de "femme de ménage"; et cela, pour des horaires de matins et soirs exclusivement; et que pour cette raison justement, elle n'était jamais de retour chez elle, avant 21 Heures 00' – 21 Heures 30'.

Malgré cela, Robert MERYC, vu l'urgence du message à transmettre; il avait insisté; et au bout de la dixième tentative, il avait enfin, eu une personne, au bout du fil.

Ce n'était pas JOÃO-Santos BARRAY, le cousin de L. IRÈNE; lequel habitait finalement toujours, avec celle-ci; mais c'était la voix "d'une Antigone".

Et qui était-elle, "cette Ariane"?

C'était elle-même Mademoiselle Irène LUCINDAÇIO, "l'Agnès" ou plutôt: "l'ex-Artémis" d'Alberto RODRIGUEZ.

Ce faisant, ROBERT dirait à celle-là: "Bonjour IRÈNE! C'est de la part de moi ROBERT! Robert MERYC!".

IRÈNE: "Ah! Bonjour ROBERT!".

Robert MERYC: "Bonjour IRÈNE!".

IRÈNE: "Ah ROBERT! Cela fait un bail hein!".

ROBERT: "Oui c'est vrai.".

IRÈNE: "Cela fait très longtemps, depuis que l'on vivait avec RODRIGUEZ, que tu nous téléphonais! Mais depuis toutes les péripéties que j'ai eues avec ce dernier, tu ne nous .../...!".

ROBERT: "Je ne vous téléphone plus jamais!".

IRÈNE: "Oui, en effet! Tu ne nous téléphones plus jamais! Alors.".

ROBERT: "Alors?".

IRÈNE: "Alors "quel bon ou mauvais vent" qui te pousse à le faire aujourd'hui? "Quel bon ou mauvais vent" te pousse à me téléphoner à cette heure plus ou moins tardive? Puisqu'il est déjà 21 heures 18' précises (1) {: "À ma pendule.", dirait IRÈNE, à ROBERT. }; alors que moi, je viens à peine, de revenir de mon travail; et que je suis complètement crevée?".

ROBERT: "Excuse-moi pour cela, mais vu l'urgence!".

IRÈNE: "" Mais vu l'urgence "?".

ROBERT: "Oui. Vu l'urgence du problème! C'est pour cela, que je te téléphone!".

IRÈNE: "Quel est ce problème urgent?".

ROBERT: "Cela faisait en tout neuf fois déjà, depuis le début de cette même soirée, que j'avais commencé à t'appeler!".

IRÈNE: "C'est normal que tu ne pouvais guère m'avoir au bout du fil! C'est parce que, j'étais encore à ce moment-là, à mon travail de "femme de ménage"; puis, ensuite sur le chemin de retour, en vue de rentrer ici chez moi!".

ROBERT: "Je ne savais pas que tu travaillais jusque plus tard, dans la soirée!".

IRÈNE: "Malheureusement hélas!, que oui! Je travaille jusque plus tard. Mais comme je travaille ma journée en deux fois (2) **{: Matin et soir. }**!

Alors, dans la journée; ou plutôt: dans la tranche horaire du milieu de la journée, je suis présente chez moi dans la demeure hein!".

Robert MERYC: "Enfin! Je ne savais pas! C'est ce qui faisait en sorte, qu'à chaque fois que je téléphonais!".

Irène LUCINDAÇIO: "Oui ih, ih! Continue; et je t'écoute! C'est ce qui faisait en sorte, qu'à chaque fois que tu téléphonais?".

ROBERT: "C'est ce qui faisait en sorte, qu'à chaque fois que je téléphonais! Je tombais sur personne du tout! Et même pas, sur ton cousin João-SANTOS, afin que je lui laisse le message!".

IRÈNE: "Ah mon cousin!".

ROBERT: "Oui ih, ih, ih!".

IRÈNE: "Lorsqu'il avait seulement entendu que j'allais probablement récupérer mes gosses auprès des Services d '

"E W O / E S W"; des "L E A" et de "C A", tout en conservant mon travail; sinon, .../....".

Robert MERYC: "Oui ih!, ih, ih!".

Irène LUCINDAÇIO: "Sinon, j'aurais par exemple eu des sérieuses difficultés; voire des très sérieuses difficultés; voir-même des très, très sérieuses difficultés, pour subvenir à tous les besoins quotidiens qui nous concernent et sans oublier ceux concernant l'entretien, les soins et cætera et cetera ... de l'appart; si jamais que par hasard, que je venais d'abandonner mon travail!".

Robert MERYC: "Oui ih!, ih, ih!".

IRÈNE: "Sinon, j'aurais par exemple eu des très, très sérieuses difficultés, pour subvenir à tous les besoins quotidiens de moi-même et des enfants.".

ROBERT: "Oui ih!, ih, ih!".

IRÈNE: "Pour cela, j'avais dit à mon cousin João BARRAY: que j'aurais incontestablement besoin de son aide, en vue d'accompagner les enfants, surtout pour la cadette, les matins et les soirs, à la "Day Nursery" [la crèche] ou chez la nourrice 3 {: *"Cela dépendrait bien évidemment de ce que j'aurais comme opportunité!", lui dirait-elle.* }; et si l'on compte mon enfant aîné, pour l'amener quant – à lui, à la "Primary School" [à l'École Primaire], tout au moins certains jours d'hiver seulement, où il fait très, très sombre! Et que.".

ROBERT: "Et que?".

IRÈNE: "Et que comme pour son travail de surveillant de supermarché, les horaires lui sont très bien "faits"! Puisqu'il ne commence qu'à 10 Heures 00'; jusqu'à 18 Heures 00'! Et qu'en plus, le supermarché en question ne se trouve qu'à deux ou trois centaines de mètres de notre lieu de résidence! D'où .../....".

ROBERT: "Et qu'est-ce qu'il avait répondu?".

IRÈNE: "Attends! D'où, qu'il aurait amplement le temps d'accompagner les mômes vers 08 H 30', et les récupérer à 18 H 30'. Et tu sais qu'est-ce qu'il m'avait répondu, en écoutant cela?".

ROBERT: "Non!".

IRÈNE: "En écoutant cela, mon cousin João-Santos BARRAY m'avait systématiquement répondu [je cite]: "Je refuse carrément d'assurer une telle tâche. Je refuse d'autant plus que ce n'est pas moi le père de .../...!".".

ROBERT: "Oui ih!, ih, ih! "De "? Continue; et je t'écoute!".

IRÈNE: "Ce n'est pas moi le père de ces deux gosses; et par voie de conséquence, je refuse absolument de jouer "le baby-sitter. "!".

ROBERT: "Il t'avait dit ça? Alors qu'il habitait chez toi! Quelle ingratitude!".

IRÈNE: "Attends! Encore que s'il n'avait dit que ça! Ceci dit, tu n'as pas encore entendu "le meilleur "! C'est parce que, si ce n'était que pour ce refus-là, j'allais finalement m'en foutre!".

ROBERT: "Mais?".

IRÈNE: "Mais il avait ensuite ajouté [je continue la citation]: "…/… À moins qu'en contrepartie, et c'est vraiment le cas de le dire finalement: que l'on oublie par exemple que nous avons un pourcentage non négligeable, du même sang qui coule dans nos veines! Oublions, nous deux, "ce côté consanguinité" par exemple; un côté tant décrié par les ordres moraux et hospitaliers; ou plutôt: tant décrié par les ordres médicaux! Tu vois ce que je voudrais te dire IRÈNE? Tu as pigé mon message?". [Fin de citation].".

Et l'on en passe et des meilleurs. Et comme par hasard, pour Aminata Ayichatoune du "Mali", c'est exactement pareil.

ROBERT: "Ah bon?".

IRÈNE: "Ouais! Ouais, ouais!".

ROBERT: "Il t'avait dit ça?".

IRÈNE: "Carrément!".

ROBERT: "N'avait-il pas vu d'autres demoiselles dehors? Lesquelles n'ont pas le même sang que toi?".

IRÈNE: "Ça ah!".

ROBERT: "Dis-donc!".

IRÈNE: "Je n'avais même pas voulu gaspiller "mon souffle", pour lui répondre à ce sujet! J'étais très, très furieuse; et cela se remarquait tout de suite par mon silence et "ma figure fermée ": un aspect que j'avais subitement adopté! Un aspect d'extrême furie!".

ROBERT: "Il avait osé te dire ça? Dire ça, à sa propre cousine! Ça ah! Quel monde où l'on vit!".

IRÈNE: "Oui ih!, il m'avait carrément dit ça! Et cela, sans même pour autant utiliser le moindre petit détour hein!".

ROBERT: "Ah ben dis-donc! "Mprrr "! Il avait eu "le toupet" de te le dire!".

IRÈNE: "Et devant l'aspect de la ferme colère que j'avais subitement adopté; et sans même pour autant que je lui réponde au sujet de "sa bestiale sollicitation", mon cousin JOÃO-Santos BARRAY, lui-même, il me laisserait entendre ensuite .../...!".

ROBERT: "Lorsqu'il avait senti très sérieusement ton triste étonnement et désolation!".

IRÈNE: "Pour ne pas dire: "désarroi"; ou plutôt: "frustration "! Tout à fait oui!".

ROBERT: "C'est parce qu'il avait très certainement peur que tu le dénonces auprès des membres de votre famille!".

IRÈNE: "Ça c'est sûr! Chose que je n'avais hélas!, malheureusement pas fait! Et pourtant j'aurais peut-être dû le faire vraiment!".

ROBERT: "Et ben oui! Il avait fallu tout de suite le dénoncer!".

IRÈNE: "Alors je disais: …/… D'où, mon cousin avait eu peur lui-même; et ensuite, il me laisserait entendre qu'en outre [je le cite]: "…/…!"."

ROBERT: "Oui ih!, ih, ih!".

IRÈNE: ""En outre, dans "mon travail d'Agent de surveillance de magasin", où je me mets quasiment debout pendant huit heures d'affilées, j'ai besoin de très bien dormir tous les jours, afin de pouvoir être en forme, le lendemain matin!"."

ROBERT: "Ce n'était-là finalement, qu'un simple prétexte; c'est parce que tu avais refusé ses avances!".

IRÈNE: "Tout à fait! Et moi je lui demandais: qu'est-ce qu'il entendait par "très bien dormir tous les jours "?".

ROBERT: "Et qu'est-ce qu'il avait répondu?".

IRÈNE: "Il m'avait répondu [je cite]: "" Très bien dormir tous les jours"; c'est-à-dire: ne pas se réveiller par exemple à huit heures du matin."."

ROBERT: "Or avec cette tâche que tu voulais lui confier! Il était question qu'il se réveille quotidiennement plus tôt!".

IRÈNE: "Or avec cette tâche que je voulais lui confier; il était question en effet: qu'il se réveille même carrément 4 *{: "Au plus tard!", lui préciserait-elle. }*, pour tous les jours du travail, à 07 H 10′ du matin! Mais plusieurs centaines de milliers de gens se réveillent dans ce pays à cette heure-là hein; voire plus tôt que ça ah!".

ROBERT: "D'ailleurs: si je regarde très bien, environ une heure seulement de sacrifice quoi!".

IRÈNE: "Tout à fait! Environ une heure seulement de sacrifice; et cela, cinq jours seulement sur sept; et non sept jours sur sept!".

ROBERT: "Mais?".

IRÈNE: "Mais mon cousin João-Santos BARRAY avait même préféré s'en aller de lui-même, de "ma chacunière"; sans pour autant que moi IRÈNE, je lui demande de le faire! Il s'en était allé de lui-même, en écoutant seulement ce que j'avais essayé de lui proposer de faire au profit de mes enfants.".

ROBERT: "D'où, le projet de pouvoir récupérer tes "mômes", auprès d ' "E W O / E S W"; des "L E A" et de "C A", ne pourrait par conséquent: qu'être retardé; pour ne surtout pas dire par exemple: "Que ce projet de pouvoir récupérer tes gosses ne pouvait par voie de conséquence: qu'être renvoyé aux calendes grecques!".".

Irène LUCINDAÇIO: "Tout à fait! D'où mon projet de pouvoir récupérer le plus vite possible, mon fiston Ernesto DOMINGUEZ et ma gamine Elisio GOMEZ RODRIGUEZ, auprès d' "E W O / E S W"; des "L E A" et de "C A" ne pourrait par voie de conséquence: qu'être retardé, par moi-même bien évidemment; et cela pour longtemps; c'est parce que.".

Robert MERYC: "C'est parce que?".

IRÈNE: "C'est parce que je ne sais pas encore, quand est-ce que je pourrais être "tranquille et sans problème", avec mon travail

actuel; et ensuite parvenir tant bien que mal, à accompagner"
mes bambins" à l'école et à la crèche, matins et soirs, cinq jours
sur sept! À moins que!".

Robert MERYC: "À moins que?".

IRÈNE: "À moins que j'ai une chance; si cela pourrait aboutir"
très bientôt", comme me l'avait promis une des assistantes
sociales, qui font des démarches pour moi, en ce sens-là; "de
changer de boulot", et par voie de conséquence, de trouver un,
où les horaires seraient en quelque chose près, comme étant
ceux de "mon cousin João-Santos BARRAY", par exemple!".

ROBERT: "C'est une possibilité oui ih!".

IRÈNE: "Pour en revenir à ce que tu me disais, que pendant neuf
tentatives, à partir du début de la soirée d'aujourd'hui, que tu
n'arrivais point à me joindre; ni même à joindre mon cousin
João-SANTOS, afin de lui laisser "un message urgent"! Je .../...!".

ROBERT: "Oui ih!, ih, ih!".

IRÈNE: "Je te résume en bref, que: João-SANTOS est parti de
chez moi; et que cela fait déjà, un bon moment! Il est parti,
sans même pour autant, que moi IRÈNE, je le lui demande! La
ternissure pour ce qu'il avait osé me demander-obligeait quoi!".

ROBERT: "D'accord. J'ai très bien compris.".

IRÈNE: "Alors, au bout de ta dixième tentative, tu m'as eue
moi-même!".

ROBERT: "Oui; et cela, à 21 H 18 ' précises, exactement!".

IRÈNE: "C'est comme je te l'avais dit: c'est pour la simple raison que du Lundi à Vendredi, je retourne chez moi, à cette heure-là, à peu près!".

ROBERT: "D'accord. Comme quoi, j'avais raison, d'insister!".

IRÈNE: "Mais par contre, à partir de 11 H 15 '; jusqu'à 15 H 45 ', je suis chez moi, dans l'appart. Je pourrais de temps en temps m'absenter afin d'aller faire quelques petites emplettes par exemple; mais en général pas pour très longtemps! Néanmoins!".

ROBERT: "Néanmoins?".

IRÈNE: "Néanmoins, je ne t'avais jamais entendu me téléphoner, depuis "une très, très belle lurette" déjà!".

ROBERT: "Excuse-moi alors! Mais pour aujourd'hui, je t'ai quand-même téléphonée! J'avais commencé vers 18 H 49 '; et j'avais répété, en tout "dix fois", à partir de cette heure-là! D'où à peu près!".

IRÈNE: "D'où à peu près?".

ROBERT: "D'où à peu près, une fois, en moyenne, toute les quinze minutes; et jusqu'à ce qu'au bout de la dixième fois, je t'ai enfin, eue au bout du fil!".

IRÈNE: "Alors! Tu voulais me dire quoi en fait?".

ROBERT: "Je voulais en fait, te parler de RODRIGUEZ!".

IRÈNE: "De RODRIGUEZ!

Mais!

""C'est bon: OUI – OUI! ""–Mais pourquoi me parler de ce fumier-là?

""C'est bon: OUI! ""–Pourquoi me parler de ce malade-là?

""C'est bon: En effet!, d'accord! ""–Pourquoi me parler de cette peste-là?

""C'est bon: D'accord!, En effet! ""–Pourquoi me parler de ce démon-là?

""C'est bon oui! ""et oui; c'est bon: D'accord!, en effet! ""–Pourquoi me parler de lui?

""C'est bon: OUAIS! ""–Hein?

""Bien sûr! C'est tout à fait sûr! ""–Réponds-moi ROBERT!

""C'est: Très bien! ""–Mais réponds-moi ROBERT!

""Tout à fait correct! ""–Mais t'es tombé par la tête ou quoi?

""C'est bon: –D'ac! ""–Mais arrête tes jérémiades ROBERT!

""C'est bon: OK! ""–Mais ROBERT, tu as perdu un tout petit peu la boule ou quoi?

""C'est bon: ""–Moi IRÈNE, j'ai tant donné de moi-même à RODRIGUEZ!

""C'est bon: HUH – HUH! ""–Alors hein!

""C'est bon oui! ""–Assez maintenant!

""C'est bon oui! ""x ""Et oui! ""–Quand je pense par exemple: Comment je l'avais aimé; dès-même l'instant que l'on s'était rencontré dans une guinguette!

""C'est bon, ouais! ""Et ouais! ""–Quand je pense par exemple: Que j'étais même déjà prête "à m'allonger avec lui"; dès-même l'instant que l'on s'était rencontré dans cette guinguette en question!

""C'est bon: OUI – OUI! ""–Et lui RODRIGUEZ, quant – à lui, il m'avait fait ceux qu'il m'avait fait!

""C'est bon: OUI! ""–Alors ça ah!, c'est vraiment cracher dans la soupe quoi!

""C'est bon: En effet!, d'accord! ""–Or, vivre en bonne intelligence avec d'autres personnes oblige à ne surtout guère cracher sur la soupe!

""C'est bon: D'accord!, En effet! ""–Et apparemment l'on dirait, que RODRIGUEZ ne le sait même pas!

""C'est bon oui! ""et oui; c'est bon: D'accord!, en effet! ""–Et toi ROBERT tu plaides pour lui, auprès de moi!

""C'est bon: OUAIS! ""–Alors ça ah!, c'est le bouquet!

""Bien sûr! C'est tout à fait sûr! ""–C'est vraiment le bouquet!

""C'est: Très bien! ""–Mais pourquoi ROBERT, te fais-tu des soucis pour cette affaire?

""Tout à fait correct! ""–Pourquoi la montes-tu en épingle?

""C'est bon: –D'ac! ""–Cet Alberto RODRIGUEZ, c'est une véritable mente!

""C'est bon: OK! ""Alors hein!

""C'est bon: ""C'est une véritable mente religieuse!

""C'est bon: HUH – HUH! ""Alors hein!

""C'est bon oui! ""Il allait me bousiller!

""C'est bon oui! ""x ""Et oui! ""D'ailleurs, je m'en étais sortie, par suite d'un miracle que l'on ne parvenait même plus du tout, du tout, à expliquer!

""C'est bon, ouais! ""Et ouais! ""Il avait même malmené les enfants (c'est-à-dire: le bébé y compris! [Et surtout pour l'aîné quant – à lui, il l'avait systématiquement; systématiquement! C'est tout simplement: Systématiquement!, battu; comme il m'avait battue, moi IRÈNE!].).

""C'est bon: OUI – OUI! ""C'était vraiment étrange hein, d'avoir agi ainsi!

""C'est bon: OUI! ""C'était vraiment étrange!

""C'est bon: En effet!, d'accord! ""Beaucoup plus étrange que dans un film de science-fiction par exemple!

""C'est bon: D'accord!, En effet! ""Ne parlons-même pas par exemple, de l'habitacle qu'il avait carrément mis sens dessus-dessous!

""C'est bon oui! ""et oui; c'est bon: D'accord!, en effet! ""ALBERTO, c'est quelqu'un qui passe en un laps de temps:

""C'est bon: OUAIS!, ""du bon climat d'entente "hyménéale", à une redoutable agressivité;

""Bien sûr! C'est tout à fait sûr!, ""puis: de la redoutable agressivité, à l'euphorie;

""C'est: Très bien!, ""ensuite: de l'euphorie, à la léthargie;

""Tout à fait correct!, ""et après, le cours s'inverse facilement avec lui; puisque, l'on remarque souvent, qu'il passe de la léthargie, à l'euphorie;

""C'est bon: –D'ac!, ""de l'euphorie, à la redoutable agressivité;

""C'est bon: OK!, ""de la redoutable agressivité, au bon climat d'entente matrimoniale.

""C'est bon: ""C'est un problème avec lui!

""C'est bon: HUH – HUH! ""C'est vraiment un grand problème avec lui!

""C'est bon oui! ""Oui, en couple, ALBERTO, c'est finalement un véritable problème; un réel problème!

""C'est bon oui! ""x ""Et oui! ""Moi IRÈNE par ailleurs, je suis la solution pour ainsi dire; une réelle solution!

""C'est bon, ouais! ""Et ouais! ""Mais seulement voilà, je préfère être moi; plutôt que lui; je préfère être la solution; plutôt: qu'être le problème!

""C'est bon: OUI – OUI! ""Mais seulement voilà, lui ALBERTO avec son caractère de cochon; lui ALBERTO avec son réel problème; il n'a dorénavant, qu'aller chercher la solution ailleurs; et plus question, chez moi, décidément!

""C'est bon: OUI! ""Je me demande sincèrement: Si lui Alberto RODRIGUEZ, pourrait-il très honnêtement vivre un bon certain moment, avec "une floume"; et cela, en très bonne intelligence et la respecter vraiment, comme l'on respecte "sa légitime "!".

Robert MERYC: "Tu sais IRÈNE!".

Irène LUCINDAÇIO: "Non je le sais pas!".

Robert MERYC: "Tu sais IRÈNE! Vos problèmes de couple! Vos problèmes d'amour, s'avèrent être à mon avis, comme étant: les unes des histoires, les plus insolites d'amour; lesquelles puissent exister!

Tu sais IRÈNE!

Hum mm!

Vos histoires d'amour à vous deux!

Ce sont vraiment des histoires hein!

Très franchement les histoires d'amour des:

"Ulysses" and "Penelope" (Ulysse et Pénélope) par exemple; ou:

"Hector" and "Andromache" (Hector et Andromaque) par exemple; du poète HOMÈRE (en grec: HOMÊROS); poète dont on a coutume d'attribuer la paternité des poèmes épiques du VIIIème siècle Avant Jésus-Christ: "l ' Iliade"; "l'Odyssée" et des "Hymnes"; ou:

"Mark Antony" and "Cleopatra VII" ([Marc] Antoine et Cléopâtre) par exemple, (certes, une histoire vraie faisant entre-autres: partie de Rome et de l'Egypte antiques; mais n'empêche guère pour autant, que c'était aussi: un drame de William SHAKESPEARE [1606]); ou:

"Romeo" and "Juliet" (Roméo et Juliette) par exemple, (drame en cinq actes, toujours de William SHAKESPEARE [1594-1595]); ou:

tant d'autres histoires d'amour (connues ou non connues du public [en guise d'exemple: l'histoire d'amour de Maryvonne KEVILER et de Julio FERNANDEZ]); lesquelles histoires d'amour en question, il n'est même pas utile, de toutes les énumérer ici; toutes ces histoires d'amour ne s'avéreraient vraiment être: que des vulgaires histoires d'amour d'amateurs, à côté d'histoire d'amour d'Alberto RODRIGUEZ et d'Irène LUCINDAÇIO.

Tous les personnages de ces histoires d'amour évoquées avant, avaient été pour ainsi dire: des véritables amateurs, devant des tels maître et maîtresse; lesquels avaient été: Alberto RODRIGUEZ et Irène LUCINDAÇIO; lesquels quant – à eux, ils avaient pour ainsi dire été: des véritables professionnels d'histoires d'amour.

Tous les personnages de ces histoires d'amour évoquées avant celle des Alberto RODRIGUEZ et Irène LUCINDAÇIO, avaient été pour ainsi dire: des véritables apprentis 5. *{: Cfr.: Isaac MAMPUYA Samba: "Une Véritable Intempestive Prise de Conscience". }*.

"Hum mm!

ALBERTO, c'est quelqu'un qui passe en un laps de temps:

du bon climat d'entente "hyménéale", à une redoutable agressivité;

puis: de la redoutable agressivité, à l'euphorie;

ensuite: de l'euphorie, à la léthargie;

et après, le cours s'inverse facilement avec lui; puisque, l'on remarque souvent, qu'il passe de la léthargie, à l'euphorie;

de l'euphorie, à la redoutable agressivité;

de la redoutable agressivité, au bon climat d'entente matrimoniale.".

Oh!, oh, oh! Doucement! Calmons-nous! Pourquoi tous ces qualificatifs-là? Mais pourquoi tous ces qualificatifs, à son sujet? Mais vraiment: pourquoi tous ces qualificatifs, à son sujet?".

IRÈNE: "Encore que.".

ROBERT: "Encore que?".

Irène LUCINDAÇIO: "Encore que ce ne sont-là, que des qualificatifs bien modérés; lorsque je …/…!".

"Alors là,…/… je suis vraiment…/… très, très désolée de pouvoir te laisser entendre: "Qu'il attendra longtemps! Très longtemps! Très, très longtemps, s'il compte sur moi …/…".".

Irène LUCINDAÇIO répondrait "à la réaction"; ou plutôt: à la question; ou encore en vue de l'exprimer beaucoup plus exactement: elle répondrait "aux étonnements"; ou "aux questions ": "Oh!, oh, oh! Doucement! Calmons-nous! Mais pourquoi tous ces qualificatifs, à son sujet? Pourquoi tous ces qualificatifs-là à notre sujet?", exprimés par Robert MERYC, à l'attention de Mademoiselle Irène LUCINDAÇIO, à en lui répondant; c'est-à-dire: en répondant à celui-là justement: "Encore que ce ne sont-là, que des qualificatifs bien modérés; lorsque je pense à toutes les souffrances qu'il m'avait infligées lui-même en personne; et bien entendu si je pense également à toutes les souffrances qu'il m'avait indirectement fait infligées!".

ROBERT: "Oui, je te comprends!".

IRÈNE: "Enfin soit! Alors, tu voulais me dire quoi, à son sujet?".

ROBERT: "Il est sorti de "taule"!".

IRÈNE: "Il est sorti de "tôle"?".

ROBERT: "Affirmatif!".

IRÈNE: "Je m'en doutais fort bien!".

ROBERT: "Et pourquoi "tu t'en doutais fort bien "?".

IRÈNE: "Je m'en doutais fort bien; c'est parce qu'il y a à peine deux jours justement! Il m'avait téléphonée! Mais!".

ROBERT: "Mais?".

IRÈNE: "Mais dès que j'avais seulement entendu sa voix au téléphone! Et vu que je n'aime plus du tout, du tout le sentir, par suite de "la conjuration machiavélique et redoutable" qu'il avait délibérément montée à mon encontre!".

ROBERT: "Oui ih!, ih, ih!".

IRÈNE: "Alors, dès que j'avais seulement entendu sa voix, je ne lui avais même pas laissé le temps de se présenter; et j'avais par voie de conséquence, tout de suite, raccroché le combiné téléphonique!".

ROBERT: "Et comme cela, tu ne pouvais même pas savoir par exemple: D'où il appelait? Ou s'il est déjà sorti? Ou pour mieux l'exprimer: S'il est presque sorti quoi?".

IRÈNE: "Non! Je ne pouvais pas les savoir! Je ne pouvais pas les savoir comme tu le dis ROBERT: Si RODRIGUEZ est déjà sorti de "taule "! Ou s'il est presque sorti! Ou même s'il se retrouve toujours en prison! Ou encore, s'il appelle d'où! Je ne pouvais effectivement pas les savoir, d'autant plus, qu'en vérité!".

ROBERT: "D'autant plus qu'en vérité?".

IRÈNE: "D'autant plus qu'en vérité, "je m'en tape" éperdument (1) *{: "Pour ainsi dire.", ajouterait-elle. }* dorénavant!".

ROBERT: "Oui, je comprends très bien, ton amertume envers lui, décidément!".

IRÈNE: "ROBERT?".

ROBERT: "Oui ih, ih, ih!".

IRÈNE: "Robert MERYC?".

ROBERT: "Oui ih!, ih! J'écoute! Je t'écoute IRÈNE! Parle-donc!".

IRÈNE: "Il va falloir bien, que je t'avoue qu'Alberto RODRIGUEZ avait rappelé plusieurs fois peut-être même bien que "douze fois "! Ou peut-être bien que moins que ça!".

ROBERT: "Ou peut-être bien que plus que ça?".

IRÈNE: "C'est possible! Ou peut-être bien que plus que ça! Et que je ne me rappelle même plus! Mais ce dont je me rappelle!".

ROBERT: "Oui ih!, ih, ih!".

IRÈNE: "Ce qu'à chaque fois, .../...!".

ROBERT: "Oui ih!, ih, ih! Ce qu'a chaque fois?".

IRÈNE: "Ce qu'a chaque fois, quand il voulait seulement se présenter à moi! Et que!".

ROBERT: "Et que?".

IRÈNE: "Et que moi de mon côté, dès que j'entendais seulement sa voix!".

ROBERT: "Oui ih!, ih, ih!".

IRÈNE: "Alors-là!".

ROBERT: "Alors-là?".

IRÈNE: "Alors-la!, je lui raccrochais immédiatement le téléphone au nez!".

ROBERT: "Ainsi, tu ne lui laissais pas du tout, "une moindre petite chance", de pouvoir te parler quoi!".

IRÈNE: "Tout à fait!

Après tous ceux qu'il avait faits à moi et aux enfants!

Mais cela ne s'avère être qu'une logique que je ne puisse lui laisser désormais "aucune moindre petite chance" non! C'est tout à fait logique; puisque maintenant, je le .../...!".

ROBERT: "Certes!

Certes que cela ne s'avère être qu'une logique que tu ne puisses lui laisser désormais "aucune moindre petite chance "! Mais seulement voilà, fort-heureusement que sur cette planète appelée: "Terre", tout ne s'avère guère être nécessairement logique.".

IRÈNE: "C'est tout à fait logique; puisque maintenant, je le déteste, comme s'il était par exemple, "la peste"; ou même pire que la peste; voulais-je dire!".

ROBERT: "Qu'est-ce que tu veux: ta réaction est belle et bien normale hein!, après avoir eu à subir, ceux qu'il t'avait fait subir, tant directement; qu'indirectement! Et moi je te comprends très, très bien hein! Il avait été très mauvais et très, très méchant envers toi!

Toi, qui lui avais et pourtant donné tant d'amours, "qu'une gonzesse" puisse offrir à "son gonze "! Toi qui lui avais et pourtant donné, une jolie petite fillette.! Il n'avait en échange, qu'à être bon vis-à-vis de toi hein! Et comme cela, tout aurait marché pour le mieux entre vous deux!".

IRÈNE: "Alors comme ça, RODRIGUEZ est carrément sorti de la prison? Il est sorti de "taule "?".

ROBERT: "C'est-à-dire: "Oui!" et "Non! "!".

IRÈNE: "C'est-à-dire: "Oui!" et "Non! "?".

ROBERT: "Tout à fait!".

IRÈNE: "Cela veut dire?".

ROBERT: "Cela veut dire que "sa tôle" comme tu aimes l'appeler (2) *{: "Comme telle!", lui préciserait ROBERT. }*, est belle et bien effectivement terminée!".

IRÈNE: "Mais?".

ROBERT: "Mais maintenant, on voudrait l'expédier à São Paulo, auprès de sa famille. Lui qui vient de perdre son père, par accident d'avion ((3). *{: "Il y a juste, trois mois.", dirait ROBERT, à IRÈNE. }* En comptant les trois membres de l'équipage, plus les onze hommes d'affaires qui se trouvaient dans le petit jet privé, il y avait en tout: quatorze .../...!".

IRÈNE: "Quatorze personnes!".

ROBERT: "C'est exact. Et dont aucun rescapé!".

IRÈNE: "Attends, [" tends", "tends", "tends "] un instant! Il vient de perdre son papa?".

ROBERT: "Oui. Cela s'était passé il y a exactement trois mois déjà! Mais on ne lui a tenu au courant, que maintenant! Lui, que l'on voudrait justement, comme par hasard, renvoyer dans son pays, comme n'étant "qu'un ordinaire colis postal" par exempte; c'est-à-dire .../...!".

IRÈNE: "L'homme d'affaires appelé "Eliodoro RODRIGUEZ" est mort il y a trois mois déjà!".

ROBERT: "Tout à fait! Et dans quasiment cette circonstance-là, que l'on voudrait renvoyer son fils Alberto RODRIGUEZ, chez lui, comme "un ordinaire colis postal"; c'est-à-dire: tout "sale"; avec un seul pantalon; une seule chemise; un seul caban; une seule paire de chaussures; c'est-à-dire: des articles qu'il porte depuis très longtemps maintenant; et qui sont déjà complètement usés; et sans d'autres articles de plus, quoi!".

IRÈNE: "Attends, [attends, "tends", "tends", "tends", "tends"] un tout petit instant encore hein! Pas trop vite hein!".

ROBERT: "Oui ih!, ih, ih! Calmement j'attends oui ih!".

IRÈNE: "Attends! Tu es en train de me dire là, qu'il vient de perdre son papa (4) *{: Un homme d'affaires. }*? Et par accident d'avion as-tu dit?".

ROBERT: "Affirmatif! C'était un petit jet privé; et il n'y avait aucun survivant, sur les onze passagers et les trois membres d'équipage, après "ce crash "!".

IRÈNE: "C'est vraiment triste! Et on ne vient de le lui mettre au courant qu'à peine même?".

ROBERT: "Oui, on craignait qu'on lui fasse encore plus de mal, en lui annonçant cette nouvelle quasi instantanément; c'est-à-dire: lorsque l'on n'avait même pas encore, "une moindre petite idée", sur la façon dont, allait se débloquer son affaire!".

IRÈNE: "C'est triste! Franchement tu peux croire à mon émotion: c'est vraiment triste! Et ensuite, l'on veut renvoyer son fils RODRIGUEZ, comme "un vulgaire colis postal", retourné chez son expéditeur!".

ROBERT: "Tout à fait!".

IRÈNE: "Alors-là! Si pour la mort de son père je suis très honnêtement très attristée! Mais néanmoins, en étant très honnête aussi au sujet de l'expulsion de son fils ALBERTO! Je ne dirais pas du tout; il faudrait bien que je l'avoue: que je suis triste! Bien au contraire, je suis très, très contente à entendre cette nouvelle! Puisque ceux qu'il m'avait fait endurer! En tout cas, "Tout se paie ici-bas!", dit-on! Voici même à présent, la preuve irréfragable et irréfutable!".

ROBERT: "Tout à fait.".

IRÈNE: ".../... Le renvoyer chez lui à São Paulo, "tout sale "?".

ROBERT: "Affirmatif!".

IRÈNE: "" Avec un seul pantalon "?".

ROBERT: "Effectivement!".

IRÈNE: "" Avec une seule chemise "?".

ROBERT: "En effet!".

IRÈNE: "" Avec un seul caban "?".

ROBERT: "C'est cela oui!".

IRÈNE: "" Avec une seule paire de chaussure "?".

ROBERT: "Tout à fait!".

IRÈNE: "" Tous, des vieux articles, qu'il a portés; et qu'il porte toujours, depuis très longtemps "?".

ROBERT: "Affirmatif!".

IRÈNE: "C'est-à-dire, presque tous usés; voire très usés; pour ne pas dire: "abîmés ou déchirés "?".

ROBERT: "Effectivement, oui!".

IRÈNE: "" Et sans d'autres articles de plus "?".

ROBERT: "C'est exact!".

IRÈNE: "En tout cas! Je n'aurais pas de remords pour lui Alberto RODRIGUEZ! J'ajouterais même, que je suis ravie que ça se passe comme cela, pour lui, après tout!".

ROBERT: "Son avocate, "Maître (sse)" [Maître] Alcina BARBARA, dont l'adresse est la suivante: si toutefois, tu désires la noter?".

IRÈNE: "Oh là, là! Et pour quoi faire?".

ROBERT: "Bon d'accord, tu n'as "que faire de cette adresse "!".

IRÈNE: "Du tout, du tout!".

ROBERT: "Tu accepterais peut-être bien, de noter le numéro de téléphone de cette avocate? Puisque je l'ai également, dans le cas où .../...!".

IRÈNE: "Oh non! Non, non! Non, non! Du tout, du tout!".

ROBERT: "Du tout, du tout, du tout?".

IRÈNE: "Tout à fait! Du tout, du tout, du tout!".

ROBERT: "Bon d'accord! J'ai très bien compris!".

IRÈNE: "Moi IRÈNE, je suis en train de faire en fait, un très, très gros effort, afin d'arriver à oublier complètement Alberto RODRIGUEZ, de ma tête! Et tu peux me croire ROBERT! Que ce n'est pas du tout évident! Alors dans pareille circonstance! Aller le voir! Allez voir ce dernier! Ou même aller voir seulement son avocate! Ou simplement lui téléphoner! Alors-là, c'est vouloir me demander l'impossible mon cher ROBERT, avec tous les respects que je te dois et pourtant!".

ROBERT: "Oui, je comprends très bien ton sentiment "de répugnance"; lequel tu as désormais, à son égard. Bon, je voulais dire que cette avocate justement, avait fourni un effort non négligeable, non pas pour qu'on n'expulse plus Alberto RODRIGUEZ (5) *{: "Non, non! Pas du tout pour cela! Il n'était pas question qu'elle, son avocate, le fasse! Puisque, n'importe comment, lui Alberto RODRIGUEZ serait quand-même expulsé!", lui préciserait Robert MERYC. }*! Mais pour.".

IRÈNE: "Mais pour?".

ROBERT: "Mais pour qu'on lui accorde seulement, un délai raisonnable, juste le temps pour que, tous les siens qui habitent par exemple, dans "cette "Métropole de Londres", viennent le rencontrer dans le Commissariat où il se retrouve actuellement! Et surtout.".

IRÈNE: "Et surtout?".

ROBERT: "Et surtout, pour qu'un des siens par exemple, puisse au préalable avoir du temps, de passer chez toi; c'est-à-dire: "au troisième étage du N° 122 Tottenham Court Road, London W1" .../....".

IRÈNE: "Et pour y faire quoi?".

ROBERT: "Pour y rassembler et récupérer quasiment tous ses effets personnels les plus courants; et notamment ses vêtements; puisque, selon lui …/….".

IRÈNE: "Oui ih! Puisque selon lui?".

ROBERT: "Puisque selon lui: s'il te demande à toi de les rassembler; et les lui amener; tu n'accepterais très certainement pas de le faire!".

IRÈNE: "Pour ça ah! Il ne s'était point gouré! Il ne s'était guère trompé; pour la simple raison que moi Irène LUCINDAÇIO, je ne ferais plus rien du tout, du tout, qui puisse aider tant soit peu RODRIGUEZ! Bien au contraire, si je peux faire tous ceux que je pourrais faire, en vue de pouvoir lui mettre (; ou plutôt: lui mettre encore beaucoup plus; si et seulement si l'occasion ou les occasions" se présentaient à moi), "les bâtons sur les roues", je n'hésiterais surtout guère du tout, du tout, un seul petit instant, moi Irène LUCINDAÇIO, pour le faire, afin de pouvoir l'enfoncer encore davantage!".

Et l'on en passe et des meilleurs. Et comme par hasard, pour Aminata Ayichatoune du "Mali", c'est exactement pareil.

ROBERT: "Oui je te comprends très bien! C'est pour cela que son avocate voudrait lui obtenir "un délai supplémentaire", afin que l'on puisse lui préparer quand-même ses vêtements et ses valises, pour que quelqu'un …/….".

IRÈNE: "Oui ih!, ih, ih! Pour que quelqu'un?".

ROBERT: "Pour que quelqu'un qui a finalement passé une décennie 6 *{: [Pour ainsi dire!]. }* en Europe, sans pour autant pouvoir retourner chez lui à Sao-Paulo; puisse quand-même .../....".

IRÈNE: "Oh là, là! (Une décennie [pour ainsi dire!])! J'en ai que faire moi IRÈNE tu sais ROBERT!".

ROBERT: ".../... Puisse quand-même regagner l'Amérique latine, d'une façon plus ou moins convenable; et plus ou moins propre!".

IRÈNE: "J'en ai vraiment que faire moi! S'il savait! Si lui Alberto RODRIGUEZ le savait; il n'avait qu'à bien se conduire à mon égard; et ainsi, il n'aurait certainement pas eu à connaître le sort qu'il est en train de connaître actuellement!".

ROBERT: "Je suis parfaitement d'accord avec toi! Mais cela n'empêche pas, que lui A. RODRIGUEZ puisse quand-même retourner chez lui, avec une tenue plus convenable! Sinon.".

IRÈNE: "Sinon?".

ROBERT: "Sinon, cela donnerait encore davantage de la peine, à sa mère, dont le mari venait de mourir, il n'y a pas longtemps, par suite d'un accident d'avion!".

IRÈNE: "C'est vrai que pour son père; pour "son défunt" père, là, très sincèrement, je suis très, très attristée! Et même pour sa mère qui est maintenant veuve, c'est vraiment triste!".

ROBERT: "C'est pour pouvoir épargner sa maman des répercussions de cette affaire de RODRIGUEZ; lesquelles risqueraient par exemple, d'avoir pour elle, des conséquences imprévisibles et incalculables!".

IRÈNE: "Oui ih!, ih, ih!".

ROBERT: "C'est pour cela, son fils Alberto RODRIGUEZ aurait tout simplement besoin de "deux petits papelards" d'États-civils: l'acte de naissance de la petite Elisio GOMEZ RODRIGUEZ et "le certificat de la reconnaissance de la paternité", que lui le papa, avait fait établir à la Mairie; et dont cette dernière, bien évidemment, possède des copie. Et par conséquent!".

IRÈNE: "Et par conséquent?".

ROBERT: "Et par conséquent, à ta demande; c'est-à-dire: à la demande de la maman que tu es: l'on refera un autre double (7) *{: Le double du "certificat de la reconnaissance de la paternité", à partir de cette copie qui se trouve à la Mairie. }*!".

IRÈNE: "Que j'aille demander pour Alberto RODRIGUEZ, les deux paperasses d'État-Civil qu'il m'a demandées?".

ROBERT: "Ou tout au moins, une de deux! L'essentiel en est que l'on retrouverait bel et bien, le nom du père; c'est-à-dire: le nom de RODRIGUEZ! Mais autrement, tous "ces deux certificats", sont préférables, pour lui!".

IRÈNE: "Mais! Il est "fol, fol allié", cet Alberto RODRIGUEZ!".

ROBERT: "Et pourquoi est-il "louftingue "?".

IRÈNE: "Mais c'était bel et bien lui-même qui les avait détruits hein! Et maintenant, il cherche encore ces mêmes papiers d'État civil-là! Il n'avait qu'à: ne pas les déchirer et les brûler!".

ROBERT: "Il le sait lui-même RODRIGUEZ. Quand il avait agi de cette manière sous l'effet d'une colère incontrôlée! Tout de suite après et cela, dans le fond de lui-même, il avait très, très fortement regretté son geste assez inhumain! En outre, il ne savait guère, qu'il n'allait point tarder, pour avoir besoin de ces mêmes documents officiels justement! Quel comble de paradoxe!".

IRÈNE: "Et alors?".

ROBERT: "Et alors, maintenant qu'il a vraiment besoin de ces documents; il t'implore toi, la mère d'ELISIO, afin d'aller demander pour lui: non pas les originaux; mais seulement des duplicata, à partir de ces copies; lesquelles copies se trouvent archivées dans la Mairie du "district" où est née cette petite ELISIO justement!".

IRÈNE: "Alors-là mon cher Robert MERYC, je suis vraiment navrée! Je suis vraiment très désolée! Je suis vraiment très, très désolée de pouvoir te laisser entendre: "Qu'il attendra longtemps! Très longtemps! Très, très longtemps 8 *{: "Je suis vraiment très, très désolée de pouvoir te laisser entendre: "Qu'il attendra pour ainsi dire: jusqu'aux calendes grecques "!*

C'est-à-dire quoi au juste?

C'est-à-dire: qu'au juste, Alberto RODRIGUEZ attendra "ces deux petits papelards d'État-Civil", jusqu'à une époque qui n'arrivera jamais du tout du tout!

Pourquoi?

C'est ni plus ni moins, parce que les mois grecs ne possèdent guère du tout, de calendes;

lesquelles, on les trouve chez les Romains;

ou plutôt en vue de l'exprimer beaucoup plus exactement: lesquelles calendes on les trouvait chez "les Romains" dans l'époque antique surtout; pour ne citer que cette période-là!

Enfin, soyons maintenant plus sérieuse!

Je ne veux pas aider ALBERTO!

Je refuse de faire ce geste!". Dirait très, très explicitement Mademoiselle Irène LUCINDAÇIO, à Robert MERYC. }; s'il compte sur moi Irène LUCINDAÇIO, pour aller faire n'importe quel moindre petit geste en sa faveur! En tout cas, il en est hors de question!". En tout cas, c'est le moins que je puisse te dire ROBERT!".

Robert MERYC: "Enfin! Moi je ne fais-là, que de te transmettre seulement; ou tout au moins: je ne fais-là, que d'essayer de te transmettre le message que lui-même Alberto RODRIGUEZ m'avait demandé de pouvoir te transmettre hein!!!".

Irène LUCINDAÇIO: "Oui ih!, je sais bien! Oui je le sais bien.

Je sais bien que de toutes les manières, toi ROBERT, tu n'y es pour rien du tout dans cette affaire qui concerne moi IRÈNE et lui ALBERTO! Tu n'es qu'un étranger dans cette affaire! Tu n'y es pour rien du tout! Mais quant – à lui Alberto RODRIGUEZ!

Qu'il sache seulement en résumé: Qu'il n'aurait plus jamais à espérer que moi IRÈNE, je lui fasse un quelconque geste de grandeur magnanime!".

M. ROBERT: "D'où, il ne lui reste plus, que vingt-quatre heures; heure pour heure; afin qu'on lui fasse parvenir "ces documents officiels-là", dans le commissariat où il se retrouve; ou même les faire parvenir chez son avocate; dont encore une fois de plus, voici son adresse: "527 New Bond Street London W 1Y 9 DD"; et dont le numéro de téléphone est le: 00 – 11 – 22 – 33.".

IRÈNE: "Une seconde! Puisque tu insistes tellement! Alors, je vais aller chercher un bout de papier et un crayon; afin de pouvoir les noter quand-même: et par la suite aller directement ranger ces coordonnées à un bon endroit, pour que ça ne se perde pas! L'histoire de te faire plaisir!".

ROBERT: "C'est très gentil à toi IRÈNE!".

".../... Que ma décision.../... reste et restera toujours: constante; immuable et irréversible! "..../..." Dans ce cas-là, ça serait alors: "Une Autre Forme de Torture de ta *Propre Conscience*"!".

Puis quelques secondes plus tard, Irène LUCINDAÇIO dirait: "Vas – y!"; et par conséquent, on lui donnerait les coordonnées de l'avocate d'Alberto RODRIGUEZ. Ensuite, IRÈNE redirait à ROBERT: "J'ai quand-même, malgré moi, noté ces coordonnées pour la forme; et surtout, afin de te faire plaisir; c'est en vue de ne guère te décevoir. Mais seulement voilà, je te le dis tout de suite; ou plutôt: je te le répète tout de suite, que je ne ferai rien du tout, afin de faire débloquer la situation d'Alberto RODRIGUEZ! Bien au contraire, si je pourrais faire quelque chose pour empirer davantage cette situation; si je pourrais faire quelque chose pour enfoncer de plus en plus ce RODRIGUEZ! En tout cas, je n'hésiterais pas une seule petite seconde, à le faire effectivement!".

ROBERT: "IRÈNE?".

IRÈNE: "Oui ih!, ROBERT!".

ROBERT: "Moi je ne t'impose rien! C'est-à-dire: je ne te pousse pas à "absolument l'aider"! Et je ne t'empêche pas non plus, de le faire!".

IRÈNE: "Je sais! Toi tu ne fais que: me transmettre le message; lequel message tu as reçu de la part de lui Alberto RODRIGUEZ!".

ROBERT: "Toi-même, tu es (1) *{: [Comme on dit!]. }*: "Ton libre arbitre". Et par voie de conséquence, tu sais très bien, ce que tu vas faire! Moi, comme tu l'as bien souligné: je ne fais que, te transmettre le message que l'on m'avait confié! Mais quant – à savoir si tu veux mon avis IRÈNE!".

IRÈNE: "Oui ih!, ih, ih! Je voudrais bien l'écouter quand-même, juste pour savoir hein! Et cela ne m'engage pas du tout à quelque chose!".

ROBERT: "Bien évidemment!".

IRÈNE: "Puisqu'il s'avère vraiment être inutile de te le répéter encore une fois de plus ROBERT, comme quoi, que ma décision au sujet d'un quelconque geste de bonne volonté; un quelconque geste de faveur vis-à-vis de RODRIGUEZ est: "NIET". Et cela reste; et restera toujours: constante; immuable et irréversible!".

ROBERT: "Je le sais très bien; puisque tu me l'as déjà dit et répété plusieurs fois!".

IRÈNE: "Mais?".

ROBERT: "Mais je te donne quand-même mon avis; lequel, je le répète encore une fois de plus, que tu n'es pas obligée de suivre!".

IRÈNE: "Je t'écoute!".

ROBERT: "Moi Robert MERYC, je te conseillerais de lui accorder cette ultime aide, pour que, comme.".

IRÈNE: "Pour que, comme?".

ROBERT: "Comme n'importe comment, il serait toujours expulsé de la Grande-Bretagne! Mais au moins.".

IRÈNE: "Mais au moins?".

ROBERT: "Mais au moins, qu'il puisse l'être "proprement "! C'est parce que, si tu ne le fais pas!".

IRÈNE: "Oui ih! C'est parce que si je ne le fais pas?".

ROBERT: "C'est parce que si tu ne le fais pas! Et qu'il retourne "comme étant un vrai mal propre", par exemple!".

IRÈNE: "" Comme étant un vrai mal propre", par exemple? Oui, ih?".

ROBERT: "Sa mère qui est déjà "assez éprouvée" comme ça!, en souffrirait considérablement! Et pourrait même cette fois' ci.".

IRÈNE: "Et pourrait même cette fois ' ci?".

ROBERT: "Et pourrait même cette fois ' ci, "en mourir" purement et simplement, par exemple!".

IRÈNE: "Et alors?".

ROBERT: "Et alors, si elle, elle en meurt .../...!".

IRÈNE: "Oui ih!, ih, ih! Si elle, elle en meurt?".

ROBERT: "Et si elle, elle en meurt! Alberto RODRIGUEZ également pourrait "en mourir "!".

IRÈNE: "Je m'excuse de m'exprimer ainsi ROBERT; mais, je ne pourrais guère m'empêcher du tout de poser la question; ou plutôt: de reposer la question: "Et alors?".".

ROBERT: "Et alors à ce moment-là!".

IRÈNE: "J'écoute! À ce moment-là?".

ROBERT: "À ce moment-là, toute ta vie! Ou pour mieux l'exprimer: tout le reste de ta vie, tu pourrais par exemple, avoir à .../...!".

IRÈNE: "Je pourrais par exemple avoir à?".

ROBERT: "Tu pourrais par exemple avoir à "souffrir avec ta propre conscience "! Dans ce cas-là!".

IRÈNE: "Oui ih!, ih, ih! J'écoute: Dans ce cas-là?".

ROBERT: "Dans ce cas-là, ça serait alors: "Une Autre Forme de Torture de ta Propre Conscience "!".

IRÈNE: "Penses-tu vraiment?".

ROBERT: "Je ne le pense pas! Mais j'en ai la ferme certitude! Une ferme certitude, due pour ainsi dire.".

IRÈNE: "Une ferme certitude due pour ainsi dire?".

ROBERT: "Due pour ainsi dire, à une espèce de prémonition que je ressens finalement en moi! C'est pour cela!".

IRÈNE: "C'est pour cela?".

ROBERT: "C'est pour cela, afin que: "je me sente ainsi soulagé moi-même de cette espèce de fardeau, que je pourrais avoir en moi, en te voyant par exemple" .../...!".

IRÈNE: "Oui ih!, ih, ih! En me voyant par exemple?".

ROBERT: "En te voyant par exemple, plus tard, "souffrir" de la répercussion de cette affaire; laquelle commence avec RODRIGUEZ, maintenant! D'où.".

Irène LUCINDAÇIO "D'où?".

Robert MERYC: "D'où, cette obligation que j'ai en moi, de te faire cette "espèce de révélation que j'ai finalement sentie" en moi ROBERT!".

IRÈNE: "Merci beaucoup mon cher ROBERT, d'avoir pensé à moi à ce point-là! Mais.".

ROBERT: "Mais?".

IRÈNE: "Mais, comme je l'ai déjà dit et répété plusieurs fois ROBERT: je ne ferai rien du tout, en vue de pouvoir sauver tant soit peu, le sort de RODRIGUEZ! Et je le répète encore que "ma décision demeure et demeurera: constante; immuable et irréversible"!".

ROBERT: "IRÈNE?".

IRÈNE: "Oui ih!, ROBERT!".

ROBERT: "Écoute-moi très bien! Tous ceux que tu me dis-là! Moi je te comprends très bien! Et il n'y a aucun doute à cela!".

IRÈNE: "Mais?".

ROBERT: "Mais je te demanderais seulement de me comprendre et par voie de conséquence, de me rendre un service!".

IRÈNE: "Et comment?".

ROBERT: "En lui parlant directement toi-même au téléphone! Cela dit: en vue de pouvoir nuancer bien évidemment mes propos! …/….".

IRÈNE: "Oui ih!, ih, ih!".

ROBERT: "Si toi-même, tu répondais par exemple directement; et surtout que si tu répondais très, très exactement de la même façon que tu réponds présentement à moi ROBERT; si toi-même tu répondais directement à "ton Adam"; ou plutôt: à "ton ex-Adam" Alberto RODRIGUEZ, comme tu es en train de me répondre maintenant!".

IRÈNE: "Oui ih!, ih, ih!".

ROBERT: "Voici le numéro de téléphone du commissariat où il se retrouve. C'est le …/….".

IRÈNE: "Attends une seconde que j'aille chercher un papier et un crayon, afin de le noter!".

ROBERT: "Oui bien sûr! J'attends!".

IRÈNE: "Ça y est! Va – y maintenant, je suis prête!".

ROBERT: "Alors, c'est le: 1 – 2 – 3 – 4 – 5 – 6 – 7 – 8.".

IRÈNE: "C'est bien noté!".

Robert MERYC: "Et tu demanderais de parler avec" l'expulsé"! Puisque n'importe comment d'ailleurs," ton ex-paroissien Alberto RODRIGUEZ "s'avère être (selon ses propres dires au téléphone), "" le seul individu pour ainsi dire": "expulsable" et "expulsé" "se retrouvant dans ce commissariat de" Broadway London S W 1 H O B D. "!".

IRÈNE: "Merci mon cher Robert MERYC, de m'avoir donné ton opinion sur cette affaire!".

ROBERT: "De rien!".

IRÈNE: "Très franchement!".

ROBERT: Oui ih!, ih, ih! Très franchement?".

IRÈNE: "Très franchement, ton avis me fait finalement travailler la cervelle!".

ROBERT: "Ah bon!".

IRÈNE: "Oui ih! Très franchement, quoique je prie toujours "la Vierge Marie", pour qu'un tel événement par exemple, puisse finalement arriver à Alberto RODRIGUEZ! Quelqu'un qui m'avait fait baver de la sorte dont j'avais soufferte!".

ROBERT: "Ça ah!".

IRÈNE: "Quoique ma famille par exemple aussi, "avait œuvré en douce, dans ce même sens-là; et cela, d'une façon assez mystérieuse", et "irrationnelle", afin que des malheurs les plus grands, arrivent à "un tel hominien", aussi démoniaque, qu'il est cet Alberto RODRIGUEZ!".

ROBERT: "Ah bon! Ta famille avait fait ça?".

IRÈNE: "Et comment!".

ROBERT: "C'est vraiment impensable hein!, en nos jours, que cela puisse encore se faire dans des pays civilisés, comme cela se faisait à l'époque médiévale par exemple!".

IRÈNE: "Et pourtant, ma famille y avait bel et bien pensé et même fait! Il ne faudrait pas oublier ROBERT, que mes parents comme tels, sont originaires des contrées où des fétiches sont de bon ton!".

ROBERT: "Enfin soit! Je n'ai rien entendu; et je n'ai rien dit hein!".

IRÈNE: "Et même si tu le lui disais par exemple! Moi, je m'en fous éperdument!".

ROBERT: "Non, je ne ferai guère cela; d'autant plus que cela compliquerait encore plus, les choses!".

IRÈNE: "En tout cas, très franchement, tous ceux que tu m'as dits, quoiqu'il ne s'agit – là que de ta propre opinion!".

ROBERT: "Mais?".

IRÈNE: "Mais tous ceux-là, me donnent quand-même finalement, beaucoup de peines! Surtout ce qui me fait attrister de plus, c'est cette nouvelle de la mort de son père; cet homme d'affaires dont "sa Société la BEUSCHERILVA" "d'Import-export", s'occupe aussi de la vente du café brut, en Angleterre!".

ROBERT: "Eh oui, c'était lui-même, "M'Sieur" Eliodoro RODRIGUEZ, le papa de Roberto RODRIGUEZ, qui en était le patron! Et "ce bonhomme" est mort, il y a trois mois!".

IRÈNE: "Eliodoro RODRIGUEZ qui, je le reconnais (2) *{: "C'est vraiment le cas de l'exprimer!", lui dirait-elle. }*, que grâce à une partie de "son atout" qu'Alberto RODRIGUEZ avait obtenu, des quelques transactions ici en Europe; ce dernier m'avait acheté un pavillon, chez moi, au Portugal, et notamment dans l'Île de Madeira! Il m'avait également payé tous les frais de l'auto-école, pour l'obtention du permis de conduire, et par la même occasion, il m'avait acheté "une jolie voiture B M W, toute neuve "! Et cet ALBERTO qui, plus tard, deviendrait "un véritable fumier", m'avait acheté "tant d'autres choses", que je ne saurais effectivement pas t'énumérer ici ROBERT!".

ROBERT: "C'est vraiment, comme tu l'as exprimé toi-même IRÈNE: c'est le cas de le dire!".

IRÈNE: "Son papa ELIODORO est mort! Eliodoro RODRIGUEZ qui était même venu trois fois ici en Angleterre, quand moi IRÈNE, je vivais encore avec lui Alberto RODRIGUEZ!".

ROBERT: "Oui, il est mort!".

IRÈNE: "Il m'admirait beaucoup, comme si moi aussi j'étais "sa propre nénette "!".

ROBERT: "Et oui ih! Il est mort!".

IRÈNE: "Cet homme d'affaires, pendant les trois fois qu'il était venu à Londres, quand moi j'étais avec son fiston ALBERTO, …/…".

ROBERT: "Oui ih!, ih, ih!".

IRÈNE: "Il m'avait comblée des présents; et il voulait même!".

ROBERT: "Et il voulait même?".

IRÈNE: "Il voulait même que je me marie avec son garçon ALBERTO, le plus rapidement possible! Et que …/…!".

ROBERT: "Et que?".

IRÈNE: "Et que je lui donne beaucoup de petits enfants, en vivant ensemble avec son rejeton! En tout cas, il était vraiment sympa vis-à-vis de moi; et c'est vraiment le moins que l'on puisse dire de lui!".

ROBERT: "Ça! Tu peux le dire!".

IRÈNE: "Il était sympathique, d'autant plus que moi, qui avais peur, qu'il me chasse systématiquement de la vie de "son sang"; ou plutôt: qu'il dise par exemple, "à son surgeon ALBERTO", de me quitter; puisque j'avais …/…".

ROBERT: "Puisque tu avais?".

IRÈNE: "Puisque je possédais un garçon qui était déjà un peu grand quand-même, à ce moment-là; et dont Alberto RODRIGUEZ n'était même pas le géniteur!".

ROBERT: "Mais?".

IRÈNE: "Mais "j'étais très copieusement surprise", qu'il ne m'avait rien dit du tout, à ce sujet!".

ROBERT: "Étonnant!".

IRÈNE: "Non, non! Il ne m'avait rien dit du tout!".

ROBERT: "Avait-il au moins vu le fils en question?".

IRÈNE: "Plusieurs fois mêmes! Et il lui avait également payé considérablement, des présents!".

ROBERT: "Savait – il au moins qu'il n'était guère, d'ALBERTO?".

IRÈNE: "Mais bien sûr! Non seulement que son héritier ALBERTO le lui en avait parlé plus d'une fois! Mais aussi, moi-même également, je le lui en avais parlé et répété!".

ROBERT: "Il n'y a plus aucun doute: il était très bon comme papa.".

IRÈNE: "Ou comme beau-père pour moi hein! Et ça tu peux le dire absolument!".

ROBERT: "Moi, très franchement, je n'avais jamais eu l'occasion de le rencontrer! ALBERTO me parlait de lui tout simplement; et cela, à plusieurs reprises.".

IRÈNE: "Et cet homme-là! Il est mort?".

ROBERT: "Tout à fait! C'est par "un crash d'un jet privé", dont il n'y avait malheureusement hélas!; malheureusement, hélas! C'est tout simplement: Hélas malheureusement!, aucun survivant!".

IRÈNE: "Bon! En tout cas mon cher Robert MERYC, l'on a beaucoup causé; et je suis très, très contente de causer avec toi. Et maintenant, je suis dans cette obligation de couper, ou du moins, pour le moment!".

ROBERT: "D'accord.".

IRÈNE: "Et par conséquent, je te tiendrai au courant de ce que je vais pouvoir faire ROBERT.".

ROBERT: "D'accord IRÈNE!".

IRÈNE: "Au revoir ROBERT et à très bientôt.".

ROBERT: "Au revoir IRÈNE.".

"Vaut mieux avoir honte; laquelle passerait vite! Plutôt que d'avoir à subir: "Une Autre Forme …/…. "! Qui, elle, ne passerait pas et resterait par voie de conséquence, à tout jamais, avec toi et avec elle, ses multiples conséquences imprévisibles…/…!".

Tout de suite après, Robert MERYC avait téléphoné au Commissariat; au Commissariat de "R. Neville" (; ou plutôt: le Commissariat de Police "The King maker" ["Le Faiseur du Roi"]), où était gardé Alberto RODRIGUEZ; c'est-à-dire: après avoir bavardé très, très longtemps au téléphone, avec Irène LUCINDAÇIO (et pour cause!). Mais très curieusement, personne ne décrochait le combiné. Se retrouvant tellement dans le besoin ultime et pressant au profit bien évidemment d'ALBERTO, ROBERT avait insisté, jusqu'à quinze tentative; mais seulement voilà, il n'y avait toujours personne au bout du fil.

Et à la seizième tentative, ça sonnait: "occupé".

Il avait continué d'insister encore, jusqu'à onze fois de plus; mais: "toujours occupé".

Décidément, il n'y avait pas du tout, du tout de chance, pour RODRIGUEZ, dans cette affaire-là qui le concernait.

Cela étant, ROBERT avait préféré laisser tomber carrément; il avait "jeté l'éponge". L'essentiel pour lui; ou afin de pouvoir l'exprimer beaucoup plus correctement: l'essentiel pour sa conscience était dorénavant: qu'il avait au moins, bel et bien transmis le message. Alors, quant – à savoir pour la suite des événements, il ne voulait plus du tout insister.

Puis soudainement, son téléphone sonnait. On lui avait téléphoné chez lui.

Et c'était de la part de qui?

Lui Robert MERYC avait d'abord pensé que c'était incontestablement Alberto RODRIGUEZ lui-même qui, à force d'attendre longtemps; très longtemps; très, très longtemps, le coup de fil venant de sa part (1) *{: **De la part de lui, Robert MERYC.** }*, avait par voie de conséquence, seulement préféré le (2) *{: **Rappeler Robert MERYC.** }* rappeler lui-même, afin de connaître, la suite de la conversation téléphonique, pour ne pas dire: la suite de la très, très longue conversation téléphonique, qu'il "aurait eue"; si et seulement s'il l'avait eue; c'est-à-dire: avec IRÈNE.

En réalité, c'était le coup de fil venant de la part de qui?

En réalité, c'était IRÈNE, qui avait téléphoné à ROBERT.

Elle lui dirait quoi?

Celle-là dirait à ROBERT: "Après avoir réfléchi très bien, j'avais préféré demandé des conseils par téléphone, auprès de mon avocat, Maître Gamal CHAUVRY; lequel m'avait sorti de cette fâcheuse affaire "machinée" par "le conspirateur" Alberto RODRIGUEZ!".

ROBERT: "Tu l'avais eu au bout du fil? Et qu'est-ce qu'il t'avait conseillé?".

Irène LUCINDAÇIO: "Heureusement comme il fait nuit; il était présent chez lui!".

ROBERT: "Et qu'est-ce qu'il t'avait dit?".

IRÈNE: "Je tiens tout de suite à te signaler, que j'en avais profité, pour demander des conseils, par téléphones à certains autres, de nos amis (3). *{: "Je voudrais dire par-là, les amis d'Alberto RODRIGUEZ également!", dirait Irène LUCINDAÇIO. }*.".

ROBERT: "Et qu'est-ce qu'ils t'avaient tous conseillé?".

IRÈNE: "Tous me disaient: .../...!".

ROBERT: "Tous te disaient?".

IRÈNE: "Tous me disaient en gros, et bien sûr, à chacun ses termes, mais en gros [Je cite]: "Mais IRÈNE! Tu deviens "fada", ou "paranoïaque" ou que savons-nous encore d'autre, ou quoi? Mais ouvre très bien tes yeux; et tu comprendras! Comment peux-tu accepter finalement, lui procurer "des tels papelards officiels "?

Tu ne sais pas que si tu les lui procures; et que ceux-là lui, parviennent avant l'expiration du délai qu'on lui a accoudé; l'on ne va plus l'expulser tout simplement!

D'où, il ne s'agirait plus en vérité, de lui donner "un délai raisonnable, avant expulsion", comme il croyait te mentir (4) *{: Effectivement, c'était une stratégie d'Alberto RODRIGUEZ, afin de pouvoir bénéficier d'une éventuelle clémence de L. IRÈNE. }*!

On va tout simplement le relâcher, afin que lui également, puisse s'occuper de son enfant (5). *{: Dont IRÈNE avait réussi à faire naturaliser "citoyenne britannique", pour le fait d'être née, en sol anglais. }*.

Alors IRÈNE!

Dis-nous seulement, qu'après tout le mal que "ce sadique" a pu te faire endurer!

Te faisant même entrer, "jusqu'en prison", pour rien!

Et que tu voudrais simplement tout oublier; et par conséquent, continuer de revivre avec lui, comme avant?

Avoue-le hein?". [Fin de citation].

Tous, me disaient comme ceux-ci, à chacun ses termes, comme je l'ai dit tout au début! Et moi, je répondais .../...!".

ROBERT: "Et toi tu répondais?".

IRÈNE: "Et moi je répondais: "Non ohn, ohn! Non ohn! Non, non!". Puis, j'avais ensuite décidé de téléphoner directement à Alberto RODRIGUEZ lui-même, au numéro: 1 – 2 – 3 – 4 – 5 – 6 – 7 – 8, que tu m'avais donné; afin de lui parler moi-même; et cela, sans aucune complaisance: surtout pas! Ainsi, il n'y a pas longtemps, l'on avait bavardé, pendant plus ou moins longuement!".

ROBERT: "Ah! C'est-à-dire que, quand moi je lui téléphonais; et que cela sonnait "occupé "! C'était avec toi IRÈNE qu'il conversait?".

IRÈNE: "C'est tout à fait possible! Mais en tout cas, je lui avais dit très systématiquement; très systématiquement! C'est tout simplement: Très systématiquement!, que c'était bel et bien, lui-même Alberto RODRIGUEZ qui avait déchiré et même brûlé les originaux de ces deux papiers d'État civil! Et qu'en outre, c'était bel et bien lui, qui en dépit du fait, qu'il avait officiellement reconnu l'enfant; c'est-à-dire: Elisio GOMEZ RODRIGUEZ, qui en plus a, pour ainsi dire, suivi quasiment tous les traits physiques caractéristiques de lui ALBERTO! Mais que malheureusement hélas!, ce dernier continuait toujours de la nier!".

ROBERT: "D'où?".

IRÈNE: "D'où, je lui disais que je n'avais pas, à l'aider! Et que d'ailleurs, je n'avais pas le temps d'aller le matin à la Mairie, pour demander des duplicatas de ces documents; c'est parce que je respectais "mon travail de ménage"; lequel était devenu désormais, comme étant.".

ROBERT: "Comme étant?".

IRÈNE: "Comme étant: ni plus, ni moins, que "mon fils d'Adam"; comme étant désormais: ni plus, ni moins que "mon Adam très aimé" tout simplement!".

ROBERT: "Oui! Oui!, je te comprends très bien!".

IRÈNE: "Cela étant .../...!".

ROBERT: "Cela étant?".

IRÈNE: "Cela étant, même si je possède, comme il en est d'ailleurs le cas, une coupure, entre l'horaire du matin et celui du soir .../...!".

Et l'on en passe et des meilleurs. Et comme par hasard, pour Aminata Ayichatoune du "Mali", c'est exactement pareil.

ROBERT: "Oui ih!, ih, ih!".

IRÈNE: "Je lui ai carrément dit que même si je possède du temps entre l'horaire du matin et celui du soir; mais .../...!".

ROBERT: "Mais?".

IRÈNE: "Mais, il est hors de question que je puisse l'aider tant soit peu! Il est clair et net que je refuse; et je refuserai toujours, d'entreprendre des telles démarches. Je refuserai toujours, quelques soient les supplications, que "ce sadique d'Alberto RODRIGUEZ", me ferait!".

ROBERT: "Et tu le lui en avais dit toi-même, de ta vive voix au téléphone?".

IRÈNE: "Et comment! Mais bien sûr que je le lui ai systématiquement dit!".

ROBERT: "Et qu'est-ce qu'il t'avait répondu?".

IRÈNE: "Il m'avait suppléée, comme un môme. Il m'avait implorée. Peut-être même un enfant n'implorerait même pas sa maman, de cette façon-là, pour qu'elle lui donne de la sucrerie, par exemple! Il m'avait dit de l'excuser; et que s'il continuait de renier sa propre enfant Elisio GOMEZ RODRIGUEZ .../...!".

ROBERT: "Oui ih!, ih, ih!".

IRÈNE: "C'était soi-disant: parce que moi, après que "je me suis blottie" seulement deux jours ensemble avec lui; mais que cependant, sans même pour autant aller par exemple consulter une gynécologue, pour des investigations d'une éventuelle gestation; je lui avais néanmoins, déclaré que j'étais déjà conçue!".

ROBERT: "Ah je vois ce que tu veux me dire! Alberto RODRIGUEZ n'avait guère apprécié ce qui n'était et pourtant qu'une simple plaisanterie! N'est-ce pas vrai?".

IRÈNE: "Une simple plaisanterie! C'était une réalité hein!".

ROBERT: "Tu lui avais dit ça, au bout de deux jours seulement?".

IRÈNE: "Ah je vois! Toi également tu t'étonnes, l'on dirait hein? Finalement vous "les hominiens", vous êtes quasiment tous pareils hein!".

ROBERT: "Ce n'est pas ça!".

IRÈNE: "Mais?".

ROBERT: "C'est-à-dire eh!, eh, eh .../...!".

IRÈNE: "L'on dirait que RODRIGUEZ ne t'avait même pas parlé de cela! D'où ton étonnement!".

ROBERT: "J'avoue que non!".

IRÈNE: "Et pourtant, il n'arrêtait plus jamais du tout de le reprendre partout que: moi IRÈNE, je n'étais "qu'une belle-de-nuit"; puisque: Comment expliquer [selon lui!], qu'au bout de deux jours seulement que "l'on s'est glissé ensemble sous les draps, avec lui"; et que moi je puisse déjà lui laisser entendre que je venais-là, désormais, d'être conçue!

Je lui avais dit ça; puisque, de un: c'était la vérité! De, deux: en le lui disant; je m'étais exprimée en fait, qu'avec des joyeuses paroles d'amour hein! Croyant que ces paroles justement allaient lui faire plaisir!

Or, cela se trouvait que je m'étais lourdement gourée! Si je pouvais deviner en avance sa réaction; en tout cas, je n'allais rien lui dire au bout de deux jours! J'allais seulement attendre, comme cela se fait logiquement dans les règles de l'art, avant de lui annoncer cette jolie nouvelle; et ainsi, l'on n'allait guère avoir de problème à ce sujet par exemple! Ce n'étaient en fait que, des joyeuses paroles d'amour hein!

Mais seulement voilà, Alberto RODRIGUEZ dont et pourtant ses pulsions primitives le poussent assez souvent: que l'on se mette pour ainsi dire par exemple, "dans des postures amoureuses", "les plus sulfureuses"; il s'avère étonnement être "l'on dirait ": "un garçon qui se moque éperdument des joyeuses paroles d'amour!".

Enfin, soit!

Très franchement, l'on dirait que RODRIGUEZ ne t'avait même pas parlé de cela! D'où ton étonnement!".

ROBERT: "Non, il ne me l'avait pas dit! Je n'avais jamais entendu cette histoire auparavant!".

IRÈNE: "D'où ton étonnement quoi!".

ROBERT: "Tout à fait!".

IRÈNE: "Et en conséquence de ces joyeuses paroles d'amour:

""C'est bon: OUI – OUI! ""Cela fait bien longtemps, que lui Alberto RODRIGUEZ n'arrête plus jamais, de me traiter de garce!

""C'est bon: OUI! ""Cela fait bien longtemps, que je me sens dans cette ultime obligation, d'arrêter de compter le nombre de fois, qu'il me traite "d'horizontale "!

""C'est bon: En effet!, d'accord! ""Cela fait bien longtemps, que lui Alberto RODRIGUEZ n'arrête plus jamais, de nier sa propre gamine Elisio GOMEZ RODRIGUEZ!

""C'est bon: D'accord!, En effet! ""Cela fait bien longtemps, que je me sens dans cette ultime obligation, d'arrêter de compter le nombre de fois, qu'il n'arrête plus jamais, de nier sa propre fillette Elisio GOMEZ RODRIGUEZ!

""C'est bon oui! ""et oui; c'est bon: D'accord!, en effet! ""Cela fait bien longtemps, que lui Alberto RODRIGUEZ n'arrête plus jamais, d'utiliser toujours et encore toujours, des mêmes termes, en vue de mieux nous vilipender!

""C'est bon: OUAIS! ""Cela fait bien longtemps, que je me sens dans cette ultime obligation, d'arrêter de compter le nombre de fois, qu'il n'arrête plus jamais, d'utiliser toujours et encore toujours, des mêmes termes, en vue de mieux nous déshonorer!

""Bien sûr! C'est tout à fait sûr! ""Or justement, si cela fait bien longtemps, que je me sens dans cette ultime obligation, d'arrêter de compter le nombre de fois, qu'il n'arrête plus jamais, de nous blesser toujours et encore toujours moralement, et même physiquement; c'est: ni plus; ni moins; parce que je ne fais-là, que faire un geste de grandeur magnanime, à l'égard de lui RODRIGUEZ justement! D'où, j'ai assez fait! J'ai assez donné!

""C'est: Très bien! ""Alors hein ROBERT!

""Tout à fait correct! ""Tu me vois encore faire un geste de grandeur magnanime, à l'égard de RODRIGUEZ?

""C'est bon: –D'ac! ""Tu me vois encore ROBERT faire encore semblant d'être par exemple affligée, par son expulsion annoncée?

""C'est bon: OK! ""Non ohn!

""C'est bon: ""Non ohn pas moi!

""C'est bon: HUH – HUH! ""Ou en vue de mieux l'exprimer: Non ohn plus maintenant avec moi!

""C'est bon oui! ""Si moi je lui avais dit ça; si moi je lui avais dit ces joyeuses paroles d'amour; c'est parce que j'avais senti "une espèce de sensation éblouissante", en moi, pendant un moment donné, dès notre deuxième nuit seulement ensemble; à l'instar de "la même sensation" que j'avais déjà sentie avec un certain Almeida LOURENÇO, plusieurs années auparavant, et .../...!".

ROBERT: "Ton ancien mari, avec qui tu avais eu Ernesto DOMINGUEZ?".

IRÈNE: "Tout à fait! Et tu peux me croire ROBERT, que je ne m'étais guère trompée; j'allais te dire! Et pourtant Almeida LOURENÇO, en écoutant une telle déclaration de ma bouche, ne s'était pas fâché! Bien au contraire, il était très content!".

ROBERT: "Et oui ih! Tous "les gentlemen's" ne réagissent point de la même manière!".

IRÈNE: "Tout le péché que moi IRÈNE, j'avais commis à l'égard de RODRIGUEZ, c'était de la lui faire part! C'était de lui faire part de "cette espèce de sensation éblouissante", que j'avais un moment connue au bout de la deuxième nuit seulement que "l'on s'alitait ensemble "! C'était le fait de lui faire part, de ce qui allait incontestablement résulter, "d'une telle sensation"; croyant que cela, allait lui faire plaisir, comme il en était le cas jadis, avec "mon ancien paroissien Almeida LOURENÇO "!".

ROBERT: "Et alors?".

IRÈNE: "Et alors!".

ROBERT: "Oui! Et alors?".

IRÈNE: "Et alors, Alberto RODRIGUEZ, "fils d'Eliodoro RODRIGUEZ et d'Adelino JACINTA" (comme il avait souvent l'habitude de le faire savoir et répéter aux gens; et des temps en temps il précisait même "fils unique "); et alors, ce dernier ne m'avait jamais pardonné des tels propos (et pourtant très flatteurs et très amoureux), que je lui avais tenus au bout de deux jours seulement que l'on vivait ensemble. Pour lui.".

ROBERT: "Pour lui?".

IRÈNE: "Pour lui, au bout de deux jours seulement, afin de le savoir, même si cela s'avérerait avoir l'air apparemment d'être vrai!".

ROBERT: "Oui ih!, ih, ih!".

IRÈNE: "Pour lui RODRIGUEZ, il faudrait quand-même, attendre au moins 28 jours, en vue d'être enfin, en mesure d'avancer des tels propos. Or comme moi je les lui avais avancés seulement au bout de deux nuits de "liaison physique"; c'est parce que, comme je te l'ai dit ROBERT, que j'avais ressenti en moi "cette espèce de sensation éblouissante", à l'instar de celle-là-même, que j'avais déjà sentie jadis; quand j'avais eu "le ballonnement" qui allait engendrer Ernesto DOMINGUEZ, il y avait de cela, quelques années auparavant!".

ROBERT: "Et alors?".

IRÈNE: "Alors, il ne voulait pas du tout me croire! Pire, il était passé tout de suite à des conclusions hâtives!".

ROBERT: "Et "cette fameuse gestation qui avait donné la naissance d'Elisio GOMEZ RODRIGUEZ "!".

IRÈNE: "Oui ih!, ih, ih!".

ROBERT: "Était-elle restée quand-même, avec toi, au moins neuf, ou presque, depuis la date que tu avais "senti cette espèce de sensation éblouissante "?".

IRÈNE: "Tout à fait! Et tu pourrais toi-même lui demander pour t'en rendre compte de la véracité de ma réponse!".

ROBERT: "Oh non! Moi je te crois hein!, IRÈNE!".

IRÈNE: "Mais quant – à lui Alberto RODRIGUEZ!".

ROBERT: "Oui ih!, ih, ih!".

IRÈNE: "Passant vite à une conclusion hâtive!".

ROBERT: "Oui ih!, ih, ih!".

IRÈNE: "Il ne pouvait que me laisser entendre; et cela, très solennellement; très solennellement!; C'est tout simplement: Très solennellement!: "Que "ce boursouflement" venait d'ailleurs!". Et comme en plus, le nom de Lopez RAMIRO venait hélas!, malheureusement s'ajouter à tous ces problèmes! Il n'arrêtait; et il …/…!".

ROBERT: "Alors, il avait tout de suite conclu, que c'était "une œuvre" de Lopez RAMIRO!".

IRÈNE: "Tout à fait! Il n'arrêtait; et n'arrêterait plus jamais du tout de croire, qu'ELISIO s'avérerait être incontestablement, la gosse de LOPEZ!

Et comme comble de paradoxe: cette petite Elisio GOMEZ RODRIGUEZ justement, possède également, "le même phénotype" que lui-même Alberto RODRIGUEZ, le père! À savoir, elle possède: des facteurs hérités directement, non pas d'IRÈNE, sa maman, que je suis; mais plutôt, hérités directement apparemment, de lui ALBERTO. ELISIO n'est hélas!, pas forcément d'un genre "jolie gamine" physiquement parlant en tout cas; et il faudrait que je le reconnaisse très sincèrement. Bien au contraire, elle possède "des traits physiques caractéristiques, entre-autres malheureusement: figure, pour ainsi dire "plus ou moins atypique"; les oreilles plus ou moins grandes; le nez plus ou moins aplati; et l'on en passe. Bref, elle possédait par rapport à sa maman biologique que moi IRÈNE je suis: des traits physiques caractéristiques largement opposés.".

ROBERT: "Bref, et comme comble de paradoxe! Pour ne pas dire: l'ironie du sort! Cette petite Elisio GOMEZ RODRIGUEZ possède donc également, quasiment les mêmes traits physiques caractéristiques, que lui-même Alberto RODRIGUEZ, le père!".

IRÈNE: "Et alors maintenant, ce même père m'implore …/…!".

ROBERT: "Et alors maintenant, ce même père t'implore?".

IRÈNE: "Et alors maintenant, ce même père m'implore; il me supplie: que je lui fasse parvenir le papier officiel; ou plutôt: des documents attestant réellement qu'il est père "d'une gosse" que: non seulement qu'il n'accepte pas en vérité; mais également, "une môme" qu'il n'arrête guère de dénigrer! En tout cas.".

ROBERT: "En tout cas?".

IRÈNE: "En tout cas, qu'il ne s'attende pas du tout, que moi Irène LUCINDAÇIO, je lui fasse ce geste de grandeur magnanime! Dans ce cas-là, il attendra très, très longtemps!".

ROBERT: "Eh oui!".

IRÈNE: "En tout cas ça m'énerve considérablement cette affaire! Il a "le toupet" de m'implorer maintenant, pour que je lui fasse parvenir, les duplicatas ou copies certifiées conformes de deux papiers officiels, dont lui-même, il avait et pourtant détruit les originaux!".

ROBERT: "Que tu lui fasses parvenir les deux papiers, ou à défaut, un de deux seulement!".

IRÈNE: "Il en est pas question! Il en est hors de question! Mais! Mais de qui me considère-t-il au juste hein!".

ROBERT: "Et oui ih!".

IRÈNE: "Ceci dit, moi IRÈNE, j'étais très catégorique, avec lui RODRIGUEZ, au téléphone! Je n'avais guère hésité un seul petit instant, de lui dire: qu'il soit carrément expulsé pour Sao-Paulo; et cela, comme étant un simple colis postal par exemple, un point et un trait. Comme cela, au moins quand il serait très loin de moi!

Moi ici à Londres, je pourrais dormir tranquillement!".

ROBERT: "Et après il avait dit quoi?".

IRÈNE: "Après il m'avait laissé entendre, comme tu me l'avais déjà, révélé d'ailleurs! Et même moi, finalement, je me suis posé la question dans le fond de moi-même!".

ROBERT: "Que?".

IRÈNE: "Que: "Si vous n'avez point bavardé ensemble de cette sacrée révélation auparavant?".".

ROBERT: "La révélation au sujet de "ta conscience "?".

IRÈNE: "Oui c'est ça!".

ROBERT: "Je te jure au nom du Ciel: "Pas du tout!".".

IRÈNE: "" Une Autre Forme de Torture de Ma Propre Conscience "! .../...!".

ROBERT: "Je te jure au nom du Ciel, IRÈNE: "Que .../... "!".

IRÈNE: ""Une Autre Forme de Torture de Ma Propre Conscience "!

Hum mm!

En tout cas, non: pas question de ça ah!

Sans effet avec moi IRÈNE!

Ou en vue de mieux l'exprimer: à court ou à moyen termes: pas question de ça, avec moi ah!

Mais seulement voilà, en ce qui pourrait éventuellement concerner le long terme; alors-là, je n'en sais strictement rien du tout, du tout "très honnêtement parlant!".".

ROBERT: "Moi ROBERT, je dis et pourtant, que ça pourrait t'arriver même à court terme!

Et par conséquent, tu ne trouverais plus jamais la paix; la paix intérieure, je voulais dire!

Et par conséquent, tout le reste de ta vie pourrait éventuellement décidément, devenir mélodramatique.".

(On comprendrait bel et bien par – là, que les colères d'Irène Lucindaçio, ne se décoléraient pas du tout; alors vraiment: pas du tout, du tout.).

Les esprits se chauffaient:

Quand IRÈNE pensait que …/…:

IRÈNE: "Quand je pense qu'en "taule", l'on arrêtait guère de nous "farfouiller "!

""C'est bon oui! ""x ""Et oui! ""L'on arrêtait guère de nous "fouiller" et de nous "refouiller", soi-disant: pour l'intérêt de la sécurité!

""C'est bon, ouais! ""Et ouais! ""Alors que tout le monde sait que ces fouilles; soi-disant: en vue de vérifier que l'on ne possède par exemple point, des choses prohibées par le règlement de la prison;

""C'est bon: OUI – OUI!, ""ou même que l'on n'a guère piqué par exemple, des choses "d'une autre taularde";

""C'est bon: OUI!, ""sont là, surtout des simples prétextes, afin de servir de la pression psychologique exercée constamment sur des prisonnières, que nous étions;

""C'est bon: En effet!, d'accord!, ""de manière que l'on se sente considérablement et complètement "mises à découvertes"; et de facto: que l'on se sente considérablement et complètement "diminuées "!

""C'est bon: D'accord!, En effet! ""Quand je pense que "les cellules" s'avèrent être constamment fouillées!

""C'est bon oui! ""et oui; c'est bon: D'accord!, en effet! ""Quand je pense que "nos personnes" sont constamment fouillées: Et comment?

""C'est bon: OUAIS! ""Quand je pense par exemple que, lorsque l'on vous amène au tribunal; vous êtes fouillée en tout deux fois: en allant; et en revenant!

""Bien sûr! C'est tout à fait sûr! ""Quand je pense par exemple que, quand vous êtes malade;

""C'est: Très bien!, ""et que l'on vous achemine à l'hosto: vous êtes fouillée quand; en dépit de cet état physique auquel vous-vous trouvez!

""Tout à fait correct! ""Fouillée deux fois; c'est-à-dire: en partant et en revenant!

""C'est bon: –D'ac! ""Quand je pense par exemple que, par suite de cette maladie, passer encore du temps à vous fouillez, pouvez même éventuellement faire en sorte que vous mourriez; et cela, avant même de pouvoir atteindre l'hôpital; mais que votre mort-même en soi, n'est pas du tout, du tout une perte; bien au contraire, que c'est une bouche à nourrir en moins!

""That's all right: Agreed!, Indeed!! ""Alors – là!

""That's all right yes!; ""and yes; that's all right: Agreed!, indeed! ""Fouiller; fouiller; fouiller et fouiller;

""C'est bon: OK!, ""même si par exemple, en partant; ou au retour du tribunal; et qu'il y a plusieurs "tôlardes", à fouiller!

""C'est bon: ""Et c'est soi-disant: en vue de pouvoir gagner du temps, que la fouille dans ce cas-là, se limite en général:

""C'est bon: HUH – HUH!, ""à la culotte (" le baissage" de la culotte, j'allais plutôt dire);

""C'est bon oui!, ""et à soulever le pull et bien évidemment: à faire monter le soutien-gorge!

""C'est bon oui! ""x ""Et oui! ""Mais seulement voilà, ces gestes qui et pourtant étaient pour nous, devenus: "mécaniques",

""C'est bon, ouais! ""Et ouais!, ""n'étaient à franchement parlant, pas du tout, du tout, demeurés: moins humiliants;

""C'est bon: OUI – OUI!, ""bien au contraire!

""C'est bon: OUI! ""Hum mm!

""C'est bon: En effet!, d'accord! ""Soi-disant: afin de pouvoir gagner le temps, les fouilles se limitaient aux culottes et aux soutiens gorges!

""C'est bon: D'accord!, En effet! ""C'est en vue de nous diminuer psychologiquement, oui ih!

""C'est bon oui! ""et oui; c'est bon: D'accord!, en effet! ""C'est une contrainte vexatoire que l'on impose aux détenues, oui ih!

""C'est bon: OUAIS! ""Puisque, comment expliquer, que l'on soit soumises régulièrement, à des successives fouilles;

""Bien sûr! C'est tout à fait sûr!; ""lesquelles comme par hasard, elles ne se limitent généralement "qu'aux parties intimes "?

""C'est: Très bien! ""Puisque, comment expliquer aussi, que des telles minutieuses fouilles, n'empêchent malheureusement hélas!, guère, que des "taulardes" fassent entrer irrégulièrement certes, des choses, appelées "interdites "?

""Tout à fait correct! ""Ni même, qu'elles se fassent entre-elles, des échanges quelconques;

""C'est bon: –D'ac!; ""alors que, c'est très, très formellement interdit?

""C'est bon: OK! ""Cela étant, l'explication de ces minutieuses fouilles, s'avère être ailleurs:

""C'est bon: ""elle ne pouvait par voie de conséquence, être comprise, qu'en guise: "d'une soumission coercitive", à l'autorité pénitentiaire!

""C'est bon: HUH – HUH! ""Et je ne parle même pas, de "la taule" de "la tôle"; où l'on a l'impression par exemple, d'y être ensevelie vivante!

""C'est bon oui! ""Je n'évoque même pas le fait, que l'on met du temps, à parvenir à tisser précautionneusement des liens en prison;

""C'est bon oui! ""x ""Et oui!; ""et qu'ainsi, l'on se sentirait beaucoup moins seule;

""C'est bon, ouais! ""Et ouais!; ""mais seulement voilà, dès-même l'instant que l'on commence justement à se sentir beaucoup moins seule;

""C'est bon: OUI – OUI!; ""l'on devient de facto, sujette, à être transférée à un moment ou à un autre!

""C'est bon: OUI! ""Et ainsi, l'on pourrait passer à l'improviste, à n'importe quel moment de la nuit; tout comme de la journée d'ailleurs,

""C'est bon: En effet!, d'accord!, ""pour vous demander de, préparer tous vos effets personnels;

""C'est bon: D'accord!, En effet!, ""de monter immédiatement dans le fourgon;

""C'est bon oui! ""et oui; c'est bon: D'accord!, en effet!; ""et enfin, être transférée dans une des cellules d'une autre prison "des gonzesses "!

""C'est bon: OUAIS! ""Et ainsi, l'on ne possède même pas de temps, afin de faire des adieux!

""Bien sûr! C'est tout à fait sûr! ""L'on a juste un laps de temps, de pouvoir crier par exemple à l'attention de vos voisines immédiates de cellules: "Hé!, "les craquettes "! Je ne reste plus avec vous! Je suis transférée vers une des cellules d'une autre prison!".

""C'est: Très bien! ""Et ainsi, ça serait la première nouvelle que vos anciennes amies vont répercuter entre-elles, à la promenade qui va suivre par exemple!

""Tout à fait correct! ""En fait, "la taule", c'est pour ainsi dire: "une mort programmée mollo-mollo";

""C'est bon: –D'ac!, ""à laquelle "la taularde" est soumise;

""C'est bon: OK!, ""et à laquelle elle ne sait même pas par exemple: Comment s'y échapper?

""C'est bon: ""Quand on est transférée, l'on vous donne quand-même votre casse-croûte;

""C'est bon: HUH – HUH!; ""mais l'on n'a même pas l'appétit!

""C'est bon oui! ""L'on monte dans une fourgonnette;

""C'est bon oui! ""x ""Et oui!; ""l'on est escortée;

""C'est bon, ouais! ""Et ouais!; ""et cela, par des gardes mobiles armées jusqu'aux dents!

""C'est bon: OUI – OUI! ""Dans le fourgon, l'on vous place dans le compartiment réservé par l'establishment!

""C'est bon: OUI! ""Et je ne parle même pas, du fait que: Comment un tel voyage est angoissant pour la transférée!

""C'est bon: En effet!, d'accord! ""C'est un voyage qui se veut: silencieux;

""*C'est bon: D'accord!, En effet!; ""*car, curieusement, personne n'a en réalité, l'envie de dialoguer avec qui que ce soit!

""*C'est bon oui! ""*et oui; c'est bon: D'accord!, en effet! ""*Les regards de "la tôlarde" s'avéreraient comme par hasard, dressés en direction de la fenêtre de la fourgonnette;

""*C'est bon: OUAIS!; ""*où l'on observe mélancoliquement, le paysage: se défiler!

""*Bien sûr! C'est tout à fait sûr! ""*Et moi IRÈNE, j'avais eu à connaître tout ça et tout ça et tout ça, à cause de qui?

""*C'est: Très bien! ""*Mais bien sûr, que c'était à cause de lui Alberto RODRIGUEZ!

""*Tout à fait correct! ""*D'où, très franchement, ma décision est maintenant prise; et par voie de conséquence, il m'est impossible en tout cas, de faire marche en arrière!

""*C'est bon: –D'ac! ""*Alberto RODRIGUEZ me faisait peur!

""*C'est bon: OK! ""*Alberto RODRIGUEZ me faisait très peur!

""*C'est bon: ""*Alberto RODRIGUEZ me faisait très, très peur!

""*C'est bon: HUH – HUH! ""*Alors hein!

""*C'est bon oui! ""*Alors, il faudrait m'affranchir absolument de cette peur!

""C'est bon oui! ""x ""Et oui! ""Or justement à ce sujet: Ne dit-on pas que le meilleur moyen de pouvoir s'affranchir de sa peur; c'est de l'affronter?

""C'est bon, ouais! ""Et ouais! ""Alors, ma façon d'affronter la très, très grande peur que me procurait cet Alberto RODRIGUEZ; c'est d'être à présent que l'occasion se présente pour moi Irène LUCINDAÇIO, impitoyable vis-à-vis de cet Alberto RODRIGUEZ justement!

""C'est bon: OUI – OUI! ""La vie de ce dernier terminerait ainsi, son parcours en Grande-Bretagne.

""C'est bon: OUI! ""Par conséquent, il retournera sur son sol de naissance [São-Paulo]; où, sa vie en question justement, avait bel et bien commencé.

""C'est bon: En effet!, d'accord! ""Je trouve-là, une occasion on ne peut: la meilleure, en vue de venger toutes les peines que cet Alberto RODRIGUEZ avait fait endurer à moi-même et aux enfants! Alors, personne ne pourrait m'arrêter et même pas toi ROBERT, avec tous mes respects que j'ai à ton égard et pourtant!

""C'est bon: D'accord!, En effet! ""Je trouve-là, une occasion en or pour me venger de toutes les exactions qu'il nous avait fait subir; alors, je me venge! Alors hein! Si vous n'avez point bavardé ensemble de cette sacrée révélation auparavant! Peu importe! Mais moi, je ne l'aiderai point! Point barre!".

ROBERT: "Je te jure au nom du Ciel, IRÈNE: "Que nous n'avons pas du tout bavardé auparavant, au sujet de cette conscience!".".

IRÈNE: "Enfin soit! Si tu me mens, moi également je te dirais que tu ne mens que ta propre conscience!".

ROBERT: "Et qu'est-ce qu'il t'avait dit au juste, lui RODRIGUEZ?".

IRÈNE: "Il m'avait laissé entendre [je cite]: "Tu pourrais sûrement dormir tranquillement à Londres; c'est-à-dire: très loin de moi!".

Et moi je voulais vite écouter la suite, et je lui disais par conséquent: "Oui ih!, ih, ih!".

Et il enchaînait [je cite]: "Tranquille peut-être physiquement! Mais en tout cas consciencieusement, ça devrait être pour moi Irène LUCINDAÇIO, le début "d'Une Autre Forme de Torture "! "Une Torture de Ma Propre Conscience "!". Et sur ça! Toi ROBERT, tu me laisses entendre que vous n'avez pas bavardé ensemble, au sujet de "cette sacrée révélation" "auparavant "?".

ROBERT: "Je te le jure au nom du Ciel, que c'est non! Je te le jure au nom du Ciel, que ce n'est "qu'une pure coïncidence "!".

IRÈNE: "Ce n'est "qu'une pure coïncidence" vraiment? Et "quelle coïncidence "? Et "laquelle coïncidence" commence finalement, à me laisser perplexe?".

ROBERT: "Je te le jure IRÈNE, que ce n'est "qu'une pure coïncidence "!".

IRÈNE: "Ah! Enfin soit!".

ROBERT: "Je peux te poser une question IRÈNE?".

IRÈNE: "Vas – y! Et je t'écoute!".

ROBERT: "Avec "une telle coïncidence" qui te laisse même "perplexe", comme tu me le laisses toi-même entendre!".

IRÈNE: "Oui ih!, ih, ih! Vas – y; et je t'écoute!".

ROBERT: "Tu ne crois pas qu'eh!, eh, eh …/…!".

IRÈNE: "Qu'eh!, eh, eh?".

ROBERT: "Que tu puises encore changer d'avis par exemple! Afin …/…!".

IRÈNE: "Afin?".

ROBERT: "Afin d'aider "un homme de mérite" qui t'a tant aimée; et qui t'a tant offert des cadeaux; dont les uns, de très, très grandes valeurs; qu'il est même inutile, de rappeler la nature de ces présents en question?".

IRÈNE: "ROBERT?".

ROBERT: "Oui ih!".

IRÈNE: "Si l'on en est arrivé où l'on en est arrivé aujourd'hui! Crois-tu que c'est de ma faute?".

ROBERT: "Non, je n'ai pas dit ça! Mais.".

IRÈNE: "Mais?".

ROBERT: "Mais" un homme d'honneur "dont" son défunt père "t'aimait également très considérablement; très, très considérablement! C'est tout simplement: Très, très considérablement!, et qui lui aussi, t'avait donné tant de présents!".

IRÈNE: "Je n'en disconviens pas!".

ROBERT: "" Son défunt père" qui voulait même, que toi IRÈNE, tu puisses te marier; et cela, le plus rapidement possible, avec son fils unique!".

IRÈNE: "Je n'en disconviens pas!".

ROBERT: "Et qu'ensemble, vous lui donniez beaucoup de petites et petits enfants; à l'inverse de lui-même, qui n'avait eu qu'un seul enfant: ALBERTO!".

IRÈNE: "Tous ceux que tu me dis ROBERT, sont véridiques. Mais.".

ROBERT: "Mais?".

IRÈNE: "Mais ce n'est pas de ma faute, si cela s'est très, très mal passé par la suite, entre nous deux!".

ROBERT: "Ceci dit! Je te redonne encore mon opinion! Vas chercher "les deux petits papelards" que lui Alberto RODRIGUEZ t'a demandés, demain, dès la première heure de la journée; et les lui amener directement toi-même; c'est-à-dire: en ne partant pas demain matin au travail!".

IRÈNE: "Et pourquoi ferai-je cela hein?".

ROBERT: "C'est afin de ne plus perdre davantage du temps!".

IRÈNE: "Mais non! Je ne ferai pas ça! Je n'aiderai pas RODRIGUEZ! En tout cas, il est hors de question que moi IRÈNE, je l'aide!".

ROBERT: "Et pourtant il faudrait le faire! Enfin, ce n'est que mon avis personnel hein!".

IRÈNE: "Mais mon avocat et certains autres de nos amis qui m'ont conseillé exactement de faire le contraire! Ils vont se moquer de moi!

Ils souhaitent tous, qu'on l'expulse!

Mon avocat et certains autres de nos amis souhaitent tous, qu'on expulse RODRIGUEZ de l'Angleterre!

Ils souhaitent même qu'on l'expulse le plus rapidement possible!

Ils souhaitent même qu'on l'expulse aujourd'hui!

Ils souhaitent même qu'on l'expulse maintenant!

Ils souhaitent même qu'on l'expulse là!

Ils souhaitent même qu'on l'expulse tout de suite!

Ils souhaitent même qu'on l'expulse tout de suite là!

À leur avis (et même à l'avis de moi-même IRÈNE d'ailleurs), cette expulsion pour lui ALBERTO, pourrait bel et bien être éventuellement: une vraie descente aux enfers; même, s'il est héritier d'une grosse fortune; car ça lui ferait une certaine blessure morale qu'il ne pourrait jamais, jamais et jamais soigner!

Cette expulsion pour lui ALBERTO, pourrait bel et bien être éventuellement: une vraie descente aux enfers; car toute sa fortune justement, ne pourrait par exemple, certainement point combler; et cela, ne fût-ce que plus ou moins voluptueusement, tous ses désirs intimes; pour ne pas dire: toutes ses pulsions bestiales incontrôlées; comme il le faisait avec moi IRÈNE! Bref, je ne pourrais plus faire une action en faveur de RODRIGUEZ! Puisque, mon avocat et certains autres de nos amis qui m'ont conseillé exactement de faire le contraire! Ils ne vont plus me comprendre!".

ROBERT: "Et alors?".

IRÈNE: "Et alors?".

ROBERT: "Affirmatif: et alors?".

IRÈNE: "Ils vont se marrer de moi! Et moi, qu'est-ce que je vais dire hein! Et moi, qu'est-ce que je vais leur répondre hein!".

ROBERT: "Tu n'auras pas cette obligation de leur fournir absolument une explication!".

IRÈNE: "J'aurai honte. Je serai humiliée! Voilà tout!".

ROBERT: "Et qu'est-ce que cela fait d'avoir une telle humiliation, hein?".

IRÈNE: "Je me gênerai vis-à-vis de mon avocat et de tous mes amis. Voilà tout!".

ROBERT: "Mais après tout, cette turpitude passera!".

IRÈNE: "Je comprends ROBERT, à quel point, tu te fais "l'avocat du diable "! Mais je refuse de l'aider; et c'est tout! Je refuse de l'aider; un point et un trait! Je refuse de l'aider; point barre! Je refuse d'aider "ce diable"; je ne veux plus changer ma décision; et c'est tout!".

ROBERT: "Montres-toi clémente IRÈNE! Pense à tout l'amour qu'il avait fait preuve envers toi, auparavant! Pense à tous les biens matériels et numériques, qu'il t'avait procurés de très bonne foi!".

IRÈNE: "Je refuse de l'aider! Qu'on le refoule chez lui!".

ROBERT: "Aujourd'hui, tu ne mesures pas encore à quel degré, que malgré ses coups de colères très spectaculaires, que cet Alberto RODRIGUEZ est en réalité: un garçon brave après tout! Tu n'aurais incontestablement, plus jamais "un autre bonhomme" comme lui! Je préfère te le dire carrément; c'est parce que j'ai de l'estime envers toi IRÈNE! D'où, tu n'aurais plus jamais "un autre honnête homme", comme lui RODRIGUEZ!".

IRÈNE: "Il est vraiment inutile, d'essayer de m'amadouer ROBERT! Il est vraiment inutile de vouloir insister ROBERT! Il est vraiment inutile Robert MERYC, avec tous les respects que je te dois! Et j'insiste à ce point: Il est vraiment inutile de continuer .../...!".

ROBERT: "D'accord! J'ai finalement très, très bien pigé ta détermination, à ne pas du tout céder, au sujet d'un quelconque geste favorable au profit de RODRIGUEZ!".

IRÈNE: "Ah! Je suis vraiment contente; voire très contente, que tu piges enfin!".

ROBERT: "D'accord! Mais, je vais tout simplement te répéter une chose!".

IRÈNE: "Vas – y! Répète la, la chose; et je t'écoute!".

ROBERT: "Vaut mieux avoir, de la ternissure; laquelle passerait vite! Plutôt que d'avoir à subir: "Une Autre Forme de Torture de Ta Propre Conscience "! Qui, elle quant – à elle justement, elle ne passerait pas. Et elle resterait par voie de conséquence, à tout jamais, avec toi et avec elle, ses multiples conséquences imprévisibles. Je termine ainsi IRÈNE; et merci de m'avoir téléphoné! Au revoir et à la prochaine.".

IRÈNE: "Au revoir ROBERT.".

".../... Le point de départ de tous mes malheurs, c4était le "fameux faux témoignage" que moi-même, j'avais fait, au détriment de Madame *Valery GLED épouse REDLER!* .../....".

Et le total du délai de quatre jours ouvrables que l'on avait accordé à Alberto RODRIGUEZ s'était finalement, entièrement expiré, sans pour autant que ce dernier pût parvenu à obtenir les deux pièces nécessaires qu'il avait absolument besoin. C'était de cette manière-là, que celui-là avait finalement été impitoyablement refoulé chez lui, à Sao-Paulo, sans pour autant que: ni son avocate; c'est-à-dire: "Maître" Alcina BARBARA; ni même quelqu'un d'autre, ne pût faire efficacement, quoi que ce fût, de plus, au profit de "l'expulsé": c'est-à-dire: au profit d'Alberto RODRIGUEZ, en vue d'empêcher cette sanction pénale; laquelle avait lourdement pesé sur lui.

""C'est bon: En effet!, d'accord! ""Et – là: après s'être bien chauffés; les Esprits se calmaient donc, par la suite.

""C'est bon: D'accord!, En effet! ""Et – là, Irène pouvait dormir sur ses deux oreilles. Mais pour combien de temps?

Les gens qui étaient chargés de surveiller celui-ci pendant tout le voyage du retour, avaient remis celui-ci justement; et cela, lorsqu'il sortait seulement de l'avion de la Compagnie britannique "British Air Way", sur le tarmac de l'aéroport de Guarulhos, aux mains des autorités brésiliennes.

Celles-ci avaient reçu: non seulement des papiers; ou en vue de mieux l'exprimer: les autorités brésiliennes avaient reçu les procès-verbaux d'expulsion de RODRIGUEZ, dûment traduits déjà en Portugais (la langue parlée officiellement au Brésil); mais également elles avaient reçu (en vue de les remettre au profit de "l'expulsé"; [et c'était assez curieux]:) des comestibles (; c'est-à-dire: quelques-unes des boîtes de conserves; quelques-uns des petits pains en sachets; quelques biscuits; quelques fromages; et cætera et cetera ..., en guise des provisions de nourritures, d'au moins une journée) et surtout une petite somme; laquelle n'était point rien non plus; puisque, c'était une somme de trente "Pounds" ["Livres sterling"], à remettre au profit de "l'expulsé", afin que ce dernier puisse par exemple utiliser "cette tuile", en vue de faire quelques petits achats avec, sur place sur son sol natal.

Eh oui ih!, comme il y avait de cela: plusieurs années déjà, qu'il était parti en Angleterre, en quête d'un Diplôme universitaire en Droit; Droit des Affaires; qu'il n'avait bien évidemment pas; sinon, il n'aurait pas eu à courir après ça;

> et comme aussi, il aurait de cela: plusieurs années qu'il aurait en tout passées en Angleterre, en quête d'un Diplôme universitaire, Alberto RODRIGUEZ était malheureusement hélas!, retourné, bredouillement chez lui, à São-Paulo.

Et une fois arrivé chez lui à São Paulo, les autorités brésiliennes; lesquelles avaient méticuleusement lu les procès-verbaux de "l'expulsé Alberto RODRIGUEZ"; elles avaient finalement jugé bon que: "Celui-ci avait déjà assez purgé ainsi comme ça, sa peine en prison à Londres; et notamment dans la maison d'arrêt de WORMWOOD SCRUBS (à Wormwood Street, dans la partie orientale de la Capitale britannique). Ceci dit, il ne peut plus être incarcéré encore une fois de plus chez nous, pour le même mobile.".

Les autorités brésiliennes l'avaient par conséquent tout de suite, libéré. Elles l'avaient libéré en lui remettant à leur tour:

non seulement des papiers pour sa libération;

non seulement toutes ses provisions de nourriture;

mais également et même surtout, en lui remettant l'intégralité de "" sa caisse";"; c'est-à-dire: les trente Pounds"; lesquelles lui étaient destinées.

Mine de rien, mais "ce flousard" l'avait vraiment servi; puisque, la plus grande partie de ces Livres Sterling qu'il avait tout de suite échangées en "Cruzeiro" [SCR]; RODRIGUEZ avait pris un taxi dans l'aéroport de Guarulhos; lequel taxi l'avait amené jusque chez lui, sur la "Rua Olavo Fontoura, 238".

RODRIGUEZ, une fois arrivé réellement chez lui au "bercail"; et lorsque sa maman, Adelino JACINTA, l'avait seulement vu; lorsqu'elle avait vu l'état physique assez chétif de son garçon unique ALBERTO; quand il débarquait encore, pour la toute première fois dans son sol natal, après une absence de quasiment toute une décennie; elle se dirait à elle-même subitement; et cela, à haute voix:

"Mais eh!, eh, eh!

Mais eh, eh!

Mais eh!

Mais ce n'est pas vrai!

Le fils héritier d'un grand homme d'affaires est devenu comme étant un "clodo"!

Le fils héritier est devenu comme étant un clochard!

Le fils héritier voué (selon les projets et calculs de son défunt père ELIODORO et de moi-même sa mère ADELINO), à être:

 ""C'est bon oui! ""et oui; c'est bon: D'accord!, en effet! ""Alberto RODRIGUEZ, "Chanceroiemp affairiste".

""C'est bon: OUAIS! ""Alberto RODRIGUEZ, "un gourou affairiste".

""Bien sûr! C'est tout à fait sûr! ""Alberto RODRIGUEZ, "un gourou des affaires".

""C'est: Très bien! ""Le fils héritier Alberto RODRIGUEZ, voué à être:

""Tout à fait correct! """Le symbole-même de la réussite; c'est-à-dire: comme c'était le cas déjà pour son père Eliodoro RODRIGUEZ "!

""C'est bon: –D'ac! """"Lequel symbole de la réussite" va se mettre dorénavant à bosser dur!

""*C'est bon: OK!* ""*À bosser dur dans un milieu hautement compétitif!*

""*C'est bon:* ""*Bref, le fils héritier voué à être: "un gourou des affaires"!*

""*C'est bon: HUH – HUH!* ""*Bref, le fils héritier voué à être: "le gourou de la macro-économie"!*

""*C'est bon oui!* ""*Bref, le fils héritier voué à être: "le gourou de la micro-économie également"!*

""*C'est bon oui!* ""*x* ""*Et oui!* ""*Bref, le fils héritier voué à être: "le gourou de la haute-finance"!*

""*C'est bon, ouais!* ""*Et ouais!* ""*Et aujourd'hui, il retourne dans son sol natal, comme étant un "clodo"!*

""*C'est bon: OUI – OUI!* ""*Alberto RODRIGUEZ est devenu comme étant clochard!".*

""*C'est bon: OUI!* ""*C'était un rude choc pour Adelino JACINTA. Ce faisant, elle même était instantanément; pour ne plus redire: subitement, "tombée dans les pommes".*

""*C'est bon: En effet!, d'accord!* ""*Elle s'était évanouie.*

""*C'est bon: D'accord!, En effet!* ""*Elle avait "tourné de l'œil".*

""*C'est bon oui!* ""*et oui; c'est bon: D'accord!, en effet!* ""*L'on avait très, très, très rapidement téléphoné aux ambulanciers.*

""C'est bon: OUAIS! ""Ceux-ci étant aussi arrivés immédiatement; ils avaient tout de suite après, transporté JANCITA à l'hôpital, et notamment, aux services des urgences.

""Bien sûr! C'est tout à fait sûr! ""Mais malheureusement hélas!; malheureusement, hélas! C'est tout simplement: Hélas malheureusement!, *c'était quand-même un peu trop tard; pour ne pas dire: beaucoup trop tard. Son cœur qui, était déjà devenu "assez fragile", à cause des soucis dus par suite de la mort inopiné de son mari, avait tout simplement fini par lâcher; en voyant seulement l'état physique à l'instar des clochards; lequel état était en outre, assez chétif; l'état physique dans lequel se retrouvait son garçon unique lorsqu'il était refoulé de l'Europe.*

Ainsi, Alberto RODRIGUEZ avait certes, vu sa maman, en vie; mais seulement voilà, c'était pour à peine quelques petites minutes; et il n'avait même pas pu causer avec elle. Il avait désormais néanmoins pris en main, les affaires de son défunt père. Toutefois, la circonstance de la mort de sa mère l'avait complètement déboussolé. Il avait décidément beaucoup de soucis. Plusieurs fois, il était même; et il demeurait hors de lui. Il était même; et il demeurait hors de lui; puisqu'il ne pouvait même plus du tout, du tout, arrêter de penser à ses soucis.

Ce faisant, Alberto RODRIGUEZ n'arrêtait; et elle n'arrêterait plus de parler d'une certaine "Irène LUCINDAÇIO", aux fidèles collaborateurs de la Société "BEUSCHERILVA", la société dont il était héritier; laquelle société se situait sur "l'Avenida Morvan Branco, 199". RODRIGUEZ, quand il évoquait le nom d'IRÈNE, il le faisait toujours, à haute voix; c'est-à-dire: sans pour autant se gêner, tant soit peu. Ça serait ainsi, qu'un certain soir; quelques minutes seulement, avant de fermer les locaux de l'Établissement dont il était désormais le patron (1) *{: [Et pour cause!]. }*, Alberto RODRIGUEZ laisserait entendre à ses deux proches collaborateurs; c'est-à-dire: Edouardo FERNANDO et Adriano CARDOZO (2) *{: "M'Sieur" Adriano CARDOZO; lequel possédait un petit magnétophone; il avait mis en marche ce dernier, afin d'enregistrer tous ceux que disait leur jeune nouveau patron. }*:

"Si au moins "ma bergère Irène LUCINDAÇIO" à Londres, m'avait obtenu; et ceux-là, dans les délais requis: les deux papiers; c'est-à-dire: l'acte de naissance de notre gamine Elisio GOMEZ RODRIGUEZ et "le certificat de la reconnaissance de l'enfant", à la Mairie; ou même, à défaut de ces deux documents officiels, au moins un de deux; je ne serais sûrement pais refoulé; et ma mère ne serait par conséquent, pas morte! Elle continuerait encore pendant ce temps-ici, à superviser la société dont moi, j'ai héritée maintenant! Mais moi aussi! Si je n'avais par exemple pas rencontré cette très jolie demoiselle qui était Irène LUCINDAÇIO, ma mère serait encore en vie aujourd'hui! Je crois très franchement, que l'heure est arrivée, afin que je puisse réfléchir, sur ce malheureux hasard, qui avait fait croiser mon chemin, avec celui d'IRÈNE! D'où, je dois moi-même me poser des questions, très consciencieusement; c'est-à-dire: à mon moi intérieur:

Est-ce que ce n'était pas, parce que je partais là où le vent m'amenait, et boire une bouteille de "Pepsi-Cola "?

Et si je partais là où le vent m'amenait; ce n'était déjà pas, parce que j'avais des soucis, dus aux gens qui prenaient; et qui n'arrêtaient plus jamais de prendre" ma vieille voiture V W-Coccinelle, Numéro de Série 1.300"; et cela, sans mon autorisation?

Lesquels gens que je ne connaissais même pas?

Et lesquels gens risquaient par exemple, de me faire envoyer ainsi indirectement, en "tôle "? En parlant de me faire envoyer ainsi indirectement "en taule justement "! Si l'on regarde très, très bien, ces gens avaient réussi! Ils avaient réussi à m'y envoyer deux fois; et cela: indirectement!

Et moi-aussi! Si l'on m'avait offert "cette vieille voiture V W-Coccinelle, de couleur verte", à Londres; et que j'avais accepté! Est-ce que, ce n'était pas parce que j'avais fait un faux témoignage, contre Madame Valery GLED épouse REDLER?

Laquelle travaillait avec moi à "IMBOURT GUERIN-FAST-FOOD "?

Et en plus, laquelle dame était très, très gentille à mon égard?

Et moi j'avais fait du mal à "une congaye" comme celle-là? En vue de sauver mon honneur?

Suite à "une bévue", que j'avais et pourtant commise moi-même?

Et en récompense, "M'Sieur" Hamman GENSEN m'avait offert "la fameuse V W-Coccinelle"?

Laquelle, par la suite, avait fait engendrer à mon égard, beaucoup trop de catastrophes?

Entre-autres: ma carte de séjour qui, n'était plus renouvelée?

Et me faisant envoyer ainsi, dans un premier temps, dans la prison, pour une durée de dix mois?

Laissant ainsi, "ma fatma Irène LUCINDAÇIO", que j'aimais considérablement, toute seule, dans "cet appartement Deux pièces", situé au troisième étage du "N ° 122 Tottenham Court Road, London W1 (3) *{: Quand le jeune patron Alberto RODRIGUEZ prononcerait ces coordonnées, ses collaborateurs (Edouardo FERNANDO et Adriano CARDOZO, dont ce dernier enregistrait déjà, et pourtant, tous ceux que disait leur nouveau patron); lesquels collaborateurs suivaient très, très attentivement, tout le message, ils prendraient ensuite, très curieusement, soin, de noter en plus ces coordonnées, sur des bouts de papiers.*

Aller savoir le pourquoi? } "?

La laissant toute seule, rien qu'avec son gamin ERNESTO, avant qu'elle mette au monde, notre "mistonne" Elisio GOMEZ RODRIGUEZ?

La laissant ainsi libre, celle dont je raffolais par-dessus tout, aux mains de "mon rival" Lopez RAMIRO; lequel n'arrêterait plus jamais de lui téléphoner au N°: 7 – 6 – 5 – 4 – 3 – 2 – 1 – 0 (3)?

Et afin de satisfaire aux besoins quotidiens pour elle-même et pour ses enfants, "ma comtesse" que j'aimais considérablement, acceptait de "s'aliter"; et cela: pendant quasiment, tout le temps que je me trouvais en prison, avec "mon rival" Lopez RAMIRO!

Et quant – à moi Alberto RODRIGUEZ!

Au lieu même de remercier par exemple, "ce quidam-là", pour avoir subvenu aux besoins journaliers, de celle que j'aimais considérablement; moi Alberto RODRIGUEZ "bêta" que je suis, j'avais préféré, par suite de ma jalousie viscérale et exacerbée; j'avais préféré commettre des multiples crimes! Dont les conséquences plus ou moins assez directes, sont aujourd'hui, entre-autres: la mort de ma maman!

Et pour le résumé de tous ceux-ci; ou pour l'exprimer autrement: Le point de départ de tous mes malheurs, c'était "le fameux faux témoignage" que moi-même, j'avais eu le plaisir de faire au détriment de Madame Valery GLEG épouse REDLER!

Est-ce que c'est vrai, cette analyse de faite, que je viens de faire à présent, dans ma propre conscience?

Et si c'est vrai!

Quand il était encore grand temps, d'arrêter ce que j'étais en train de faire; pourquoi je ne m'étais pas arrêté; et par conséquent: avouer toute la vérité!

Autrement dit, lorsqu'il était encore temps de revenir sur ma fausse accusation au sujet de Madame Valery GLED épouse REDLER!

Et pourquoi je ne l'avais pas fait?

Et maintenant que c'est bel et bien trop tard, je commence à bien réfléchir?

C'est pour cela, à ma question: "Est-ce que c'est vrai, cette analyse de faits, que je viens de faire à présent, dans ma propre conscience?"; alors, je préfère répondre par un: "Non!".

"Non!". Je préfère très franchement répondre par: "Non!".

D'où: et ma rencontre avec Mademoiselle Irène LUCINDAÇIO, et tous mes malheurs qui avaient suivis par la suite, n'étaient; et ne sont que des purs hasards; et par conséquent, ils n'avaient; et ils n'ont aucune relation directe, avec "ce fameux faux témoignage", que j'avais fait à Londres! Si ça pourrait éventuellement me soulager: je préfère mentir à ma propre conscience de la sorte; plutôt que de lui avouer toute la vérité; laquelle vérité ferait encore plus de mal, à ma conscience justement!".

À ces propos, un des collaborateurs d'Alberto RODRIGUEZ; c'est-à-dire: Edouardo FERNANDO, en vue de rassurer ALBERTO, il répéterait des termes de celui-ci, en s'adressant à celui-ci en question; et il dirait: "Comme vous l'avez dit patron, votre rencontre avec Mademoiselle Irène LUCINDAÇIO; et vos malheurs qui avaient suivi par la suite, n'étaient; et ils ne sont que des purs hasards!".

Et Adriano CARDOZO compléterait: "Non patron! Ils n'avaient et ils n'ont (comme vous-même vous l'avez dit patron!), aucune relation directe, avec "ce faux témoignage" que vous avez fait à Londres!".

RODRIGUEZ: "J'en étais sûr et certain que ce n'était pas à cause de cela. Je vous remercie beaucoup, quand vous me rassurez que ce n'est pas à cause de cela! Vous ne pouvez pas imaginé: Comment vous me consolez, en me disant ça! En tout cas, vous me rassurez bien là!".

A. CARDOZO: "Vous savez patron! Quand on est encore étudiant, l'on commet parfois des bêtises que l'on ne se rend même pas compte! D'où, n'y pensez plus!".

A. RODRIGUEZ: "Merci. Je n'y penserai plus. Quoique et pourtant!".

A. CARDOZO: "Quoique et pourtant?".

A. RODRIGUEZ: "Quoique et pourtant, ma mère est belle et bien morte! Morte des conséquences directes de mes malheurs!".

A. CARDOZO: "Ce n'est qu'un malheureux hasard patron!".

A. RODRIGUEZ: "Ma mère qui s'occupait de "la BEUSCHERILVA", la société laissée par mon père, à sa mort, par crash de jet privé, dans lequel il se trouvait, avec d'autres hommes d'affaires! Mais, moi-même, si jamais que je venais à mourir par exemple aujourd'hui! Qui me remplacerait à la tête de l'Entreprise, léguée par mon père?".

À cette question, Adriano CARDOZO lui répondrait: "Mais patron, vous êtes encore jeune!".

A. RODRIGUEZ: "Pouvez-vous éclairer ma lanterne s'il vous plait, "M'Sieur" CARDOZO?".

A. CARDOZO: "Il faudrait penser à vous marier dès maintenant! Comme ça, "des anges" qui sortiraient de ce mariage, il y aurait bien évidemment des héritiers".

A. RODRIGUEZ: "Non, non! Non, je n'arriverai plus jamais à aimer "une autre floume"; ni même, à bien faire quoi que ce soit, d'ailleurs! Je ne pense plus désormais, qu'à la circonstance de la mort de ma mère! "La pauvre "! L'on s'est vue; et cela, après quasiment une absence d'une décennie; mais tout de suite après, c'est-à-dire: avant même que l'on puisse se dire "Bonjour!", elle tombait dans "les pommes", pour ne plus jamais se réveiller! Et avec ça, me parler de mariage! Non, je n'arriverai point, à me marier!".

Edouardo FERNANDO: "Dans ce cas-là, heureusement qu'il y a Elisio GOMEZ RODRIGUEZ, à Londres!".

A. RODRIGUEZ: "Ouais! Il n'y a plus qu'elle ELISIO, de toutes les manières!".

Adriano CARDOZO: "Dans ce cas-là, il faudrait bien que sa mère Irène LUCINDAÇIO, puisse nous présenter, les papiers qu'elle t'avait refusés à Londres! Sinon ça ne marcherait pas!".

Et c'était l'heure de la fin du travail ce soir-là. Les deux collaborateurs d'Alberto RODRIGUEZ étaient partis chez eux. Ce dernier était resté tout seul dans l'Établissement "BEUSCHERILVA".

Or lui qui, lorsqu'il restait tout seul, partout où il se trouvait, il ne faisait que penser, penser et penser.

Or justement, comme cet état d'esprit, le rendait distrait; voire extrêmement distrait; d'où le fait qu'il ne conduisait plus tout seul. Partout où il se rendait, Alberto RODRIGUEZ, possédait un des chauffeurs de la direction de "la BEUSCHERILVA", qui le conduisait.

Or justement, ce soir-là, après avoir longuement parlé à ses deux collaborateurs, Alberto RODRIGUEZ avait dit à son chauffeur de service, de s'en aller chez lui, avec le véhicule de la société; c'est parce que lui, il resterait encore un tout petit peu, dans l'Établissement; puisqu'il avait considérablement du boulot, dans "son burlingue". Alberto RODRIGUEZ avait dit à son chauffeur: qu'il retournerait chez lui à la "Rua Olavo Fontoura, 238", par taxi; et que lui le chauffeur, passe le récupérer le lendemain, afin de le ramener au travail.

En vérité, RODRIGUEZ avait menti. Il voulait surtout prendre une autre, des voitures de direction, et conduire tout seul, afin de se rendre chez lui. Cela dit, il sortait la voiture; il fermait les locaux; et il conduisait tout tranquillement, en vue de ne surtout pas commettre des erreurs de conduite (4). *{: (Et pour cause! Pour cause justement de sa continuelle inattention, due à ses multiples soucis.). }*. RODRIGUEZ quittait "la BEUSCHERILVA". Il longeait "l'Avenida Morvan Branco". Il avait préféré passer par "l'Avenida Otaviano Alves de Lima", où il allait rendre visite à quelqu'un, qu'il connaissait bien, avant de continuer sa broute, jusque chez Lui, à la "Rua Olavo". A. RODRIGUEZ longeait le canal "Rio Tieté".

À peine qu'il rentrait dans: "l'Avenida Assis CHÂTEAUBRIAND", Alberto RODRIGUEZ replongerait dans son état d'extrême distraction d'esprit, dû à ses multiples soucis. Puis soudain, avant même d'entrer dans "l'Avenida Otaviano Alves de Lima", il perdrait le contrôle de son véhicule; Alberto RODRIGUEZ déraperait; il heurterait la glissière de sécurité; sa voiture passerait par-dessus cette dernière; et finirait par conséquent "sa course", dans le canal "Rio Tieté". Alberto RODRIGUEZ serait ainsi, carrément sorti de route et rentré dans l'eau. Il serait emprisonné dans son véhicule, tout le temps, en attendant que les gens qui avaient heureusement, vu ce triste accident, puissent alerter (5) *{: Et cela, rapidement; voire le plus rapidement possible même. }* les secours; et que ceux-ci, viennent le faire sortir.

Tous ceux-ci, s'étaient aussi déroulés très rapidement. Mais seulement voilà, quand les pompiers étaient venus, c'était déjà bien trop tard: le corps d'Alberto RODRIGUEZ serait bel et bien inanimé; et l'on ne pouvait plus rien faire du tout, pour le ramener à la vie. Il avait voulu prendre une des voitures de la direction en catimini; et voici le résultat de course: sa mort (6) *{: Les semaines et les mois se succédant, "cette mort" était intervenue en six mois seulement très exactement, depuis qu'Alberto RODRIGUEZ était refoulé de la capitale britannique. }*!

Les collaborateurs "du défunt" A. RODRIGUEZ étaient mis au courant. Ce faisant, vu la nouvelle tournure que prenaient (7) *{: (Et cela, bien évidemment rapidement). }* les événements, un certain soir, ces collaborateurs d'A. RODRIGUEZ; c'est-à-dire: Adriano CARDOZO et Edouardo FERNANDO (8) *{: Lesquels en fait, étaient déjà jadis, des très proches collaborateurs de son père Eliodoro RODRIGUEZ; puis par la suite, ceux de sa mère Madame Adelino JACINTA. }*, avec des coordonnées de Mademoiselle Irène LUCINDAÇIO à Londres, qu'ils avaient bien obtenues auparavant; c'est-à-dire: le même soir de la mort de leur jeune patron Alberto RODRIGUEZ, auprès de ce dernier lui-même; un certain soir, ils entreraient en contact par téléphone, avec Mademoiselle Irène LUCINDAÇIO (9) *{: Une Irène LUCINDAÇIO qui, grâce à l'aide précieuse, qui lui avait été apportée par une assistance asociale; laquelle s'occupait de son délicat cas; elle avait enfin, réussi pendant ces temps-là, à retrouver un autre travail de "femme de ménage"; lequel travail avait pour elle, des horaires, qui lui permettaient de récupérer ses enfants, auprès des Services d' "E W O" / "E S W"; des "L E A" et de "C A"; et c'était justement, ce qu'elle avait aussi fait. }* à Londres; et afin de lui raconter (en Langue Portugaise; et non en Langue Anglaise): toute l'histoire, à partir de la mort de la maman d'A. RODRIGUEZ.

Cela étant, ils lui diraient qu'ils auraient tout naturellement besoin de deux documents officiels; lesquels, Alberto RODRIGUEZ lui avait déjà demandés autrefois, en vue d'assurer l'héritage au nom de "l'héritière" appelée Elisio GOMEZ RODRIGUEZ.

En écoutant seulement toute cette triste histoire, IRÈNE avait dit tout de suite: "D'accord. Demain matin; c'est-à-dire: dès la toute première heure, j'irai demander ces deux papiers officiels à la Mairie. Je n'irai pas au travail. Je prétexterai que je suis malade; et comme ça, dès la toute première heure de l'ouverture de la Mairie, je serai là, en vue de demander ces deux pièces en question. Et comme cela, immédiatement après, je vais vous les envoyer par envoi recommandé.".

"L'ectoplasme" du suicide d'ALMAIDA "la bâfrait" elle, Irène LUCINDAÇIO, déjà assez inflexiblement "à l'époque"?

"La monomanie" du grand plongeon d'ALBERTO dans "le canal" "Rio Tieté" "en ce moment-là encore", "la brifait" de nouveau elle, Irène LUCINDAÇIO, assez implacablement?

Et comme c'était Adriano CARDOZO qui, parlait au téléphone; et qu'Edouardo FERNANDO ne faisait qu'écouter avec "l'écouteur téléphonique"; ce dernier dirait à celui-là: "ADRIANO! Donne-lui l'adresse de l'Entreprise.".

Et vu qu'ADRIANO ne comprenait point ce que disait son collègue; il dirait à Mademoiselle Irène LUCINDAÇIO, se trouvant de l'autre côté du bout du fil: "Ne quittez pas Mademoiselle Irène LUCINDAÇIO! Un instant!".

Puis, il demanderait calmement à EDOUARDO: "Qu'est-ce que tu me dis EDOUARDO?".

Edouardo FERNANDO: "Je disais de lui donner les coordonnées de notre société; afin qu'elle puisse nous envoyer les papiers demandés! Et pendant que je pense! Précise-lui que, la nénette Elisio GOMEZ RODRIGUEZ est certes, héritière! Mais, qu'elle ne pourrait éventuellement prétendre "asseoir" effectivement, ses droits ou ses pouvoirs, qu'à l'âge de sa majorité.

Et que par conséquent, avant cet âge, elle ne pourrait rien signer; ni rien retirer; sauf, qu'elle recevrait de temps en temps; et cela, le plus régulièrement possible, des mandats postaux, ou bancaires, envoyés au nom de sa mère, pour qu'elle s'occupe bien d'elle; lesquels mandats viendraient de la part des administrateurs de "la BEUSCHERILVA", que nous sommes.".

Adriano CARDOZO: "C'est-à-dire: de la part de toi-même et de moi-même quoi!".

Edouardo FERNANDO: "Cela va sans dire!".

Adriano CARDOZO: "En effet!".

Edouardo FERNANDO: "Dis-lui surtout que j'arrive à Londres dans trois jours; et l'on va en parler très, très en profondeur.".

Adriano CARDOZO: "Je lui dis alors de ne pas envoyer ces deux documents officiels que nous lui demandons par courrier recommandé; puisque, finalement, ce n'est plus la peine; car toi, tu arrives à Londres, dans trois jours, comme ça, après avoir mis les choses au point avec elle, toi-même en tête à tête, tu les ramèneras avec toi ici à Sao-Paulo quoi!".

Edouardo FERNANDO: "Tout à fait.".

Adriano CARDOZO: "D'accord.".

Et ce dernier avait dit, tous ceux qu'il avait à dire, à Mademoiselle Irène LUCINDAÇIO. Seulement, toute cette nuit-là, après le coup de fil qu'elle avait reçu le soir, IRÈNE n'arriverait pas à roupiller. Toute cette nuit-là, elle se dirait; et elle se répéterait à elle-même:

"–Quel genre de "Salomé" suis-je moi Irène LUCINDAÇIO?

–N'ai-je pas tué ainsi indirectement la maman d'Alberto RODRIGUEZ?

–En refusant d'aller chercher les mêmes papiers officiels d'État civil; lesquels l'on me demande aujourd'hui; et que moi Irène LUCINDAÇIO j'accepte directement?

–Et pourquoi-là, je ne refuse pas, comme j'avais impitoyablement refusé déjà à l'époque; c'est-à-dire, quand

Alberto RODRIGUEZ me les demandait en me suppliant même?

–N'ai-je pas tué ainsi indirectement Alberto RODRIGUEZ lui-même, en le faisant tomber dans le canal?

–Les mêmes papiers que je ne voulais pas aller chercher! Et aujourd'hui, j'accepte d'aller les chercher; afin de faire transmettre l'héritage à "mon héritière "?

–Quel fumier que je suis moi IRÈNE, en vérité?

–Quel genre de "Sulamite" suis-je au juste?

–" Une Antigone" qui ne pense qu'aux intérêts matériels et numériques?

–Et maintenant que j'ai deux morts dans ma conscience!

–Qu'est-ce que je vais faire?

(Et l'on en passe et des meilleurs. Et comme par hasard, pour Aminata Ayichatoune du "Mali", c'est exactement pareil).

–Mais au fait: Comment oublier tous ceux-ci justement?

–Et pourquoi-là, je ne refuse pas la transmission de l'héritage au profit de "ma nistonne "?

Enfin soit!

Enfin, que j'oublie tous ceux-ci, comme ça, demain matin, je n'amènerais même pas "la petite" à la crèche.

Demain, je n'irai même pas au travail.

Je n'amènerais même pas "la mominette" demain matin à la crèche; c'est parce que, dans le cas où (10) *{: "Sait-on jamais!", se dirait-elle. }*, l'on aurait également besoin de sa présence!".

Et Mademoiselle Irène LUCINDAÇIO avait essayé de dormir, pour soi-disant oublier, jusqu'au lendemain matin. Mais le problème en serait que toute cette nuit-là, elle n'arrivait; et elle n'arriverait pas du tout, du tout, à fermer l'œil; même pas un tout petit instant.

Elle ne faisait certes, fort heureusement pour elle: que penser à toute cette fortune qui était tout bonnement en train de se transférer de cette manière-là, à sa famille à elle. Et cela lui donnait le tournis.

Elle ne faisait certes, fort heureusement pour elle: que penser à toute cette fortune; mais pas seulement.

Pas seulement, c'est parce qu'elle ne faisait également hélas!, malheureusement, que penser à "aux deux morts" qu'elle avait désormais, dans sa conscience.

Elle ne parvenait plus jamais décidément, à arrêter de penser.

Combien de temps, cela durerait-il?

N'était-ce pas déjà-là: "La Torture de Sa Propre Conscience",
qu'un certain Robert MERYC et même lui-même Alberto
RODRIGUEZ lui avaient parlée auparavant; laquelle débuterait
ainsi comme par hasard hélas!, malheureusement?

*Toutes ces tragédies; toutes ces catastrophes; .../... étaient des
conséquences directes; des répercussions directes, du "concours
intempestif" de deux circonstances: .../...*

Le lendemain matin, elle, Mademoiselle Irène LUCINDAÇIO, qui n'avait guère du tout fermé l'œil, de toute la nuit; elle se préparerait pour aller à la Mairie, afin d'aller demander les deux papiers officiels d'État civil; lesquels on lui avait demandés. Après s'être lavée; après avoir dit à son fiston de se laver; après …/…; après…/…; après avoir lavé ELISIO; après avoir pris tous, le petit déjeuner ensemble; après "s'être tous très bien habillés" (et après "s'être prêts" pour sortir); et après avoir accompagné son gamin Ernesto DOMINGUEZ, au collège; IRÈNE avait pris "sa minette ELISIO"; ainsi très bien habillée; et elle avait pris le volant de sa voiture "B M W."; afin d'aller à la Mairie.

Elle y était très bien arrivée; et elle avait bel et bien obtenu les deux papelards qu'elle désirait tant, obtenir.

""*C'est: Très bien!* ""Irène LUCINDAÇIO *était contente.*

""*Tout à fait correct!* ""Irène LUCINDAÇIO *était très contente.*

""*C'est bon: –D'ac!* ""Irène LUCINDAÇIO *était très, très contente.*

""C'est bon: OK! ""Cela étant, elle voulait aller faire part de cette très, très bonne nouvelle, à son amie Patricia CRISTOVAO; laquelle habitait à Hyde Park 1. *{: **Dans la partie occidentale de Londres.** }*. IRÈNE lui en avait effectivement fait part aussi, comme elle l'avait prévu.

Cela dit, PATRICIA ne parvenait guère à dissimuler la convoitise, qu'elle avait très franchement éprouvée dorénavant, envers son amie IRÈNE.

Cette dernière reprenait le volant de "sa B M W"; afin de retourner chez elle, au "122 Tottenham Cour Road". Elle longeait la "The Serpentine Road"; et puisqu'elle n'avait pas pu roupiller toute la nuit (2) *{: [Et pour cause!]. }*, elle avait somnolé juste quelques secondes, au volant.

Mais c'était (3) *{: Malheureusement hélas! }* malheureusement hélas!, très amplement suffisant:

""C'est bon: ""pour qu'elle perde le contrôle de son véhicule;

""C'est bon: HUH – HUH!, ""pour qu'elle dérape;

""C'est bon oui!, ""pour qu'elle percute la glissière de sécurité;

""C'est bon oui! ""x ""Et oui!, ""pour qu'elle passe par-dessus cette dernière;

""C'est bon, ouais! ""Et ouais!, ""et pour qu'elle finisse sa course sur [la] "The Long Water The Serpentine".

""C'est bon: OUI – OUI!"" Tous ceux-là, s'étaient passés en toute vitesse: "la voiture B M W" s'était retrouvée dans l'eau. Irène LUCINDAÇIO avait fait un effort, afin d'ouvrir la fenêtre et la portière, en vue de s'extraire difficilement du véhicule; et en vue d'essayer de faire, sortir "sa ponette" de cette triste situation; et tous ceux-là qu'elle avait à faire; c'est seulement en quelques secondes, le temps que la voiture continuât de s'enfoncer, jusque dans le fond de l'eau.

Mais hélas!, c'était beaucoup trop de choses, à entreprendre, en un laps de temps.

Par conséquent, Mademoiselle Irène LUCINDAÇIO ne pouvait plus guère faire quelque chose, en vue de sauver "" son "héritière (4) *{: [Quel destin!]. }* "". Quand les pompiers-secouristes étaient venus sur place; ils ne pouvaient plus que remonter le corps inanimé, "d'une minette".

""C'est bon: OUI! """ L'ectoplasme" du suicide d'ALMAIDA "la bâfrait" elle, Irène LUCINDAÇIO, déjà assez inflexiblement "à l'époque".

""C'est bon: En effet!, d'accord! """ La monomanie" du grand plongeon d'ALBERTO dans "le canal" "Rio Tieté" "en ce moment-là encore", "la brifait" de nouveau elle, Irène LUCINDAÇIO, assez implacablement.

""C'est bon: D'accord!, En effet! """ Le spectre" de sa course; laquelle s'était finie "en ce moment-ci encore", par un grand plongeon sur [la] "The Long Water The Serpentine"; faisant en sorte que "sa mominette ELISIO" y laissât sa peau, "la boustifaillait" de nouveau également elle, Irène LUCINDAÇIO, assez cruellement.

""C'est bon oui! ""et oui; c'est bon: D'accord!, en effet! ""Et c'était dans cette circonstance-là, que "l'un des administrateurs" de "la Société BEUSCHERILVA"; c'est-à-dire: "M'Sieur" Edouardo FERNANDO, était venu de Sao-Paulo, jusqu'à Londres, afin de faire le nécessaire, au profit de "la craquette nommée Elisio GOMEZ RODRIGUEZ".

""C'est bon: OUAIS! ""Or justement, celle-ci venait de mourir, il y avait "deux jours de cela".

""Bien sûr! C'est tout à fait sûr! ""Irène Lucindaçio certes, aurait (comme pour Aminata Ayichatoune) déjà, un garçon avec un autre Gentleman; mais ensemble avec le futur Homme d'Affaires Alberto Rodriguez, ils avaient prévu d'avoir beaucoup de "Madeira – Pão – Lista" (de Madeira et de São – Paulo) [; beaucoup de gosses]; selon eux: certains allaient même pouvoir construire un pont – aérien entre l'Île de Madeira et São – Paulo (au Brésil).

Mais seulement voilà, le destin avait (comme pour Aminata Ayichatoune et le Professeur Aziz Olenga) voulu que les choses se déroulent autrement.

Aminata Ayichatoune certes, aurait (comme pour Irène Lucindaçio) déjà, un garçon avec un autre Gentleman; mais ensemble avec le Professeur Aziz Olenga, ils avaient prévu d'avoir beaucoup de "Bama – Kinois" (; de Bamako et de Kinshasa) [; beaucoup de gosses]; selon eux: certains allaient même pouvoir construire un pont – aérien entre Bamako et Kinshasa.

Mais seulement voilà, le destin avait (comme pour Irène Lucindaçio et le futur Homme d'Affaires Alberto Rodriguez) voulu que les choses se déroulent autrement.

Pour Mademoiselle Irène LUCINDAÇIO, cela serait effectivement: "UNE AUTRE FORME DE TORTURE DE SA PROPRE CONSCIENCE".

Peu de temps après cette triste affaire, IRÈNE et son fiston Ernesto DOMINGUEZ, quitteraient la Grande-Bretagne définitivement, afin de retourner chez eux, dans l'Île de Madeira. Mais, vu qu'elle "aurait" désormais ainsi "tué" "indirectement" et "involontairement", en tout "trois personnes", Mademoiselle Irène LUCINDAÇIO n'arrêterait plus jamais de penser à tous ces problèmes-là, jusqu'à la fin de ses jours.

Ce faisant, IRÈNE serait devenue une dépressive; laquelle se sentait être dans l'ultime obligation, de combattre ses propres souvenirs; et justement en les combattant, cette très, très charmante Jeanne d'Arc s'était créé un tout petit paradis dans sa tête; lequel se manifestait en elle apparemment, par le déclenchement fréquent et surtout frénétique, d'une véritable confusion mentale.

IRÈNE se mettrait dorénavant, à malmener, à malmener, à malmener, implacablement, les voix de sa propre conscience.

Et même, IRÈNE se mettrait décidément, à maltraiter, à maltraiter, à maltraiter inexorablement, ses cordes vocales. Et s'ensuivrait pour elle, une longue période d'aliénation cérébrale, menée pour ainsi dire: tambour battant.

""C'est: Très bien! ""Ce faisant, IRÈNE serait donc devenue une dépressive;

""*Tout à fait correct!*; ""*elle serait devenue une grande dépressive;*

""*C'est bon: –D'ac!*; ""*elle serait devenue une grande dépressive névrosée;*

""*C'est bon: OK!*; ""*elle serait devenue une grande dépressive névrosée traumatique;*

""*C'est bon:* ""*elle serait devenue une grande dépressive névrosée traumatique ou post-traumatique.*

""*C'est bon: HUH – HUH!* ""*-Pourquoi?*

""*C'est bon oui!* ""*C'est tout simplement parce qu'elle afficherait dorénavant une réaction anxieuse secondaire à un choc émotionnel;*

ou plutôt: à des chocs émotionnels qu'elle avait reçus. Elle qui possédait encore la quasi majorité de la fortune (; à savoir: Dix Mille Pounds) qu'elle avait reçues du dédommagement judiciaire à Londres; qui plus est, elle qui avait (1) *{*: Grâce à Alberto RODRIGUEZ. *}*, par exemple un très joli et très grand pavillon, à elle-même; mais elle opterait dorénavant, pour aller dormir dehors, à l'intérieur des épaves des voitures; tellement qu'elle serait devenue "dingo".

Et sans parler du fait que, nombre de fois, devant plusieurs nigauds, IRÈNE avait l'habitude de prononcer des noms; des mots et des phrases à des langues incompréhensibles pour ceux-là. Elle leur disait souvent et même, elle les leur répétait

donc: matins; midis et soirs; et nombre de fois, en les chantant
même par exemple, sans pour autant se gêner tant soit peu:

(IRÈNE) ne s'arrêterait pour ainsi dire plus jamais de: chanter;
chanter; chanter; chanter tristement même dans l'air; de chanter
avec nostalgie même dans l'air:

"Aurora;
Cãlium;
Purpurã.

Tempère;
Trõndõre;
Amarre;
Sõndõre.

Expulsa;
Rãpidãmantõ;
Quetõdã.

Diminuãwõn;
Quãntitãõn;
Fanrãwõn;
Sononrãwõn!

Alberto;
Adelino JACINTA.
Rodriguez;
Elisio RODRIGUEZ GOMEZ;
Adriano CARDOZO;

Eliodoro RODRIGUEZ;
IRÈNE;
LUCINDAÇIO;
Edouardo FERNANDO!

RODRIGUEZ quittant "la BEUSCHERILVA".
"Avenida Morvan Branco".
"Avenida Otaviano Alves de Lima ",
"Rua Olavo".
Canal "Rio Tieté".
Ici = Fin de vie d'Alberto

Deuxièmement, la future femme d'affaires
Elisio RODRIGUEZ GOMEZ;
Elisio RODRIGUEZ GOMEZ, "la future femme d'affaires
ChanceKing (Reine) Emp (Impératrice)";
Elisio RODRIGUEZ GOMEZ, "un futur gourou des affaires";
Elisio RODRIGUEZ GOMEZ, "un futur gourou des affaires".
Deuxièmement, donc, la future femme d'affaires
Elisio RODRIGUEZ GOMEZ était pour "les
Noirs ": "le symbole même du succès";
"Ce symbole du succès "qui restait toujours immobile
et toujours à travailler dur; afin de maintenir son
statut social; ou: pour galoper encore plus haut;
un symbole de réussite; qui "jouait "dans la cour des grands;
"Cour "qui l›a prouvé encore et encore, et qui
continue de prouver qu›il s›agit toujours d›un
environnement hautement compétitif!

Aller à la mairie, demander les deux
papiers officiels d'état civil!
Et elle termine sa course sur ["La
Longue Eau, La Serpentine "].
Ici = Fin de vie d'Elisio RODRIGUEZ GOMEZ

Elisio RODRIGUEZ GOMEZ a failli devenir la
future réalisatrice de "BEUSCHERILVA".
- Quelle perte pour moi, IRÈNE LUCINDAÇIO,
et pour toute ma famille!
N'était-ce pas déjà là: "L›AUTRE FORME DE
TORTURE DE MA PROPRE CONSCIENCE".

Aurora;
Cãlium;
Purpurã.

Tempère;
Trõndõre;
Amarre;
Sõndõre.

Expulsa;
Rãpidãmantõ;
Quetõdã.

Diminuãwõn;
Quãntitãõn;
Fanrãwõn;
Sononrãwõn!".

Quoi d'étonnant dans ça!

N'est-ce pas que cette IRÈNE avait déjà effectivement perdu le Nord, non!

Et l'on en passe et des meilleurs. Et comme par hasard, pour Aminata Ayichatoune du "Mali", c'est exactement pareil.

À plusieurs reprises, elle se promènerait même sans chaussures et quasiment sans vêtements. Tellement que son esprit ne serait que décidément la plupart de temps ailleurs; alors en cours de routes et toute seule, en se promenant, IRÈNE n'arrêterait plus jamais pour ainsi dire:

de rigoler; de rigoler bête, bête, bête; de rigoler bêtement;

de chanter; de chanter débile, débile, débile; de chanter débilement;

de danser; de danser pleurnicher, pleurnicher, pleurnicher; de danser pleurnichement;

de ricaner; imbécile, imbécile, imbécile; de ricaner imbécilement;

de criailler; de criailler déniaiser, déniaiser, déniaiser; de criailler déniaisement;

de vociférer; de vociférer dégoûtant, dégoûtant, dégoûtant; de vociférer même dégoûtamment.

Irène LUCINDAÇIO serait tout simplement devenue "berdine".

""C'est bon: OUI – OUI! ""Avant de "devenir berdine"? ""

""Avant de "devenir berdine", IRÈNE "devenait bredine". ""

""C'est bon: OUI! ""Après avoir "été folasse"? ""

""Après avoir "été folasse", IRÈNE "devenait fêlée". ""

""C'est bon: En effet!, d'accord! ""Entre "les états de bredezingue"? ""

""Entre "les états de bredezingue", IRÈNE "devenait": "cerveau fêlé". ""

""C'est bon: D'accord!, En effet! ""Autrement écrit: ""

""Autrement écrit: ""

""C'est bon oui! ""et oui; c'est bon: D'accord!, en effet! ""Avant "de devenir désaxée"? ""

""Avant "de devenir désaxée", IRÈNE "devenait déphasée". ""

""C'est bon: OUAIS! ""Après "avoir été sinoque"? ""

""Après "avoir été sinoque", IRÈNE "devenait encore siphonnée". ""

""Bien sûr! C'est tout à fait sûr! ""Entre "les états de folie"? ""

""Entre "les états de folie", IRÈNE "devenait encore davantage timbrée". ""

Irène LUCINDAÇIO continuerait avec ses affreux "grésillements".
Et de cette façon, elle laisserait par exemple entendre à toutes
celles et à tous ceux qui voudraient bel et bien "concilier" avec
elle:

"""Le tout avait en vérité débuté par ceux que moi-même Irène
LUCINDAÇIO, j'avais fait à mon premier "anthropoïde Almeida
LOURENÇO". Et toutes les débines qui me suivraient jusqu'en
ce moment-ci (c'est-à-dire: boostées par ma rencontre avec
Alberto RODRIGUEZ), ne sont que des entrainements; ou plutôt:
"des scoumounes" attirées par des anciennes "mouscailles"
"larvées"."""

""Des intrigues, dans "ce micmac" pour une vie meilleure, il en
faudrait bien! Et la caisse dans tout ça! Tout est passé au "tour
de passe". Et du côté "famille" de "la bergère sournoise"?""

""Grâce aux multiples "kilos" qu'ils recevaient de la part de
celle-là justement, ils ne se retrouveraient jamais; et cela:
pendant longtemps à court "des demi-jambes".""

""Ce jeu de "subtilisation", s'avérerait être pour "la dérobeuse",
un rituel très codifié, "l'on dirait". Néanmoins, il lui fallait
seulement un tout petit peu: décompresser, à ce moment-là
"d'indélicatesse"; et l'on trouvait de la force dans sa motivation!""

""Cès masques" "d'épouses de trésoriers d'Église révélées
"Surzur-Alvarez" "sont "des véritables bombes à retardement"
et les toutes premières victimes, ne sont pas en réalité, les

ouailles, mais plutôt, "des Ouailles-trésoriers"; chez lesquels, s'enchainent: abattement; découragement; contrariété; chagrin; "agrypnie"; et pour couronner le tout: "suicide par pendaison"!""

""Quelle affiche! "Des galériennes" et des kleptomanes. Dans ce jeu-là, les plus habiles "fillasses" seraient les premières honorées. Et ainsi, tous les membres familiaux de "la pipeuse" (ou presque tous) vivraient en sérénité; puisque, "la pavute" les assisterait avec "des rondelles", dans toutes leurs situations difficiles; "difficiles" "des horizons difficiles" "du monde des horizontales"."""

""Cette position de "la fille de Jupiter et d'Aphrodite" comme telle, était enviée par plusieurs dizaines "d'arpenteuses". Elles étaient au moins: dix; peut-être, deux dizaines; peut-être, trois dizaines; peut-être, moins; peut-être, plus!""

""Je n'en savais rien moi ah! Tous ceux que je savais, ce que plusieurs "émietteuses" voulaient être à ma place, afin de "s'adonner" elles également, au "tripatouillage" de la caisse de l'Église "Surzur-Alvarez"."""

""Et oui ih! Véritables "candélabres" à détourner-obligeaient forcément! "Des charmantes" "trimardeuses" utilisent cette astuce d'épouse de trésoriers, pour des motifs d'escroquerie de finances.""

""Mais bien évidemment, "qu'une échassière" avait l'habitude d'ouvrir la séance, en vue de mieux détendre l'atmosphère. Et le trésorier était un "pauvre" fidèle qui ne savait pas toujours: À qui accorder toute sa confiance!""

""L'accorder à "sa prostipute"? Seulement voilà, dans l'aveuglement, "cette vache à lait" l'accordait à "une maquerelle"."

""En réalité, c'est bien elle "la marmotte" qui l'hypnotisait; et que par voie de conséquence, elle lui dictait ceux qu'il avait à faire; et lui, il n'avait pas d'autre alternative, que celle de passer à l'exécution!""

""Si "la recette" ne rentrait pas dans le coffre? Que seraient devenus "la baigneuse" et sa famille?""

""Que serait devenues celles dont "la fille de Jupiter et d'Aphrodite" avait copieusement aidées?""

""Que serait devenus ceux dont "la fille de Jupiter et d'Aphrodite" avait gracieusement aidés?""

"""Des concussionnaires" et "des gâtées"?""

"""Des fripouilles" et "des allumeuses"?""

"""Des canailles" et "des paillasses"?""

"""Des carottières" et "des gisquettes"?""

"""Des carotteuses" et "des gigolettes"?""".'.

""C'est bon: OUI – OUI! ""Désormais, Irène LUCINDAÇIO attirait, attirait, attirait involontairement l'attention des très, très nombreux flâneurs, pour l'écouter débiter;

""C'est bon: OUI! ""Dorénavant, Irène LUCINDAÇIO appelait, appelait, appelait involontairement des nombreux pingouins, pour l'entendre discourir;

""C'est bon: En effet!, d'accord! ""Décidément, Irène LUCINDAÇIO criait; elle criait vilain; elle criait vilain; elle criait vilain; elle criait vilainement à tort, à la trahison;

""C'est bon: D'accord!, En effet!, ""dorénavant, elle criaillait; elle criaillait grossier; elle criaillait grossier; elle criaillait grossier; elle criaillait grossièrement à tort, au scandale;

""C'est bon oui! ""et oui; c'est bon: D'accord!, en effet!, ""décidément, elle criait; elle criait stupide; elle criait stupide; elle criait stupide; elle criait stupidement: malheur;

""C'est bon: OUAIS!, ""en définitive, elle criaillait; elle criaillait sot; elle criaillait sot; elle criaillait sot; elle criaillait sottement: poisse;

""Bien sûr! C'est tout à fait sûr!, ""désormais, elle criait; elle criait triste; elle criait triste; elle criait triste; elle criait tristement: chance;

""C'est: Très bien!, ""chance d'avoir beaucoup, beaucoup "de ronds" qui leur était en train d'arriver subitement dans leur famille; puis disparue aussi subitement avec la mort de "sa ponette ELISIO"; c'est-à-dire: avant même de pouvoir disposer de ce pognon en question;

""Tout à fait correct!, ""dorénavant, elle criaillait; elle criaillait misérable; elle criaillait misérable; elle criaillait misérable; elle criaillait misérablement: misère;

""C'est bon: –D'ac!, ""décidément, elle criait; elle criait douloureux; elle criait douloureux; elle criait douloureux; elle criait douloureusement: indignation;

""C'est bon: OK!, ""en définitive, elle criaillait; elle criaillait pauvre; elle criaillait pauvre; elle criaillait pauvre; elle criaillait pauvrement: pauvreté;

""C'est bon: ""désormais, elle criait; elle criait mélodramatique; elle criait mélodramatique; elle criait mélodramatique; elle criait mélodramatiquement: famine;

""C'est bon: HUH – HUH!, ""dorénavant, elle criaillait alourdissement à tort; elle criaillait alourdissement à tort; elle criaillait alourdissement à tort; elle criaillait alourdissement à tort: plainte;

""C'est bon oui!, ""décidément, elle criait vindicativement à tort; elle criait vindicativement à tort; elle criait vindicativement à tort; elle criait vindicativement à tort: vengeance;

""C'est bon oui! ""x ""Et oui!, ""en définitive, elle criaillait; elle criaillait molle; elle criaillait molle; elle criaillait molle; elle criaillait mollement;

""C'est bon, ouais! ""Et ouais!, ""elle criait; elle criait maussade; elle criait maussade; elle criait maussade; elle criait maussadement;

""C'est bon: OUI – OUI!, ""elle criaillait; elle criaillait défectueux; elle criaillait défectueux; elle criaillait défectueux; elle criaillait défectueusement.

""C'est bon: OUI! ""IRÈNE criait; elle criaillait; elle criait; elle criaillait; elle criait; elle criaillait.

""C'est bon: En effet!, d'accord! ""IRÈNE n'arrêterait pour ainsi dire, plus jamais désormais:

""C'est bon: D'accord!, En effet!, ""de discourir; de discourir; de discourir démonstrativement;

""C'est bon oui! ""et oui; c'est bon: D'accord!, en effet!, ""de discourir; de discourir; de discourir circulairement (; ou en vue de l'exprimer autrement: IRÈNE n'arrêterait pour ainsi dire, plus jamais désormais, de discourir; de discourir; de discourir; de discourir tout en marchant souvent en boucle; tout en marchant souvent en cercle; et cela, apparemment sans réel motif, selon la perception; ou plutôt: vu du côté des gens mentalement bien portants);

""C'est bon: OUAIS!, ""de discourir; de discourir; de discourir; de discourir fâcheusement pour des propos désordonnés la plupart de temps; ou sinon, si les propos étaient ordonnés; c'étaient à sujet de RODRIGUEZ et de "leur prix de Diane ELISIO"; dont les gens à Funchal, ne connaissaient même pas.

""Bien sûr! C'est tout à fait sûr! ""IRÈNE n'arrêterait pour ainsi dire, jamais dorénavant: de parler; de parler; de parler; de parler défensivement en l'air;

""C'est: Très bien!, ""de s'exprimer; de s'exprimer; de s'exprimer; de s'exprimer machinalement en l'air;

""Tout à fait correct!, ""de chantonner; de chantonner; de chantonner; de chantonner nonchalamment en l'air.

""C'est bon: –D'ac! ""IRÈNE n'arrêterait pour ainsi dire, jamais dorénavant: de chanter; de chanter; de chanter; de chanter tristement même en l'air; de chanter nostalgiquement même en l'air.

""C'est bon: OK! ""À propos "de chanter justement", IRÈNE laissait entendre: "" Cette chanson triste"; "cette chanson nostalgique"; laquelle j'ai concoctée pour vous; et laquelle je chante en ce moment-ci précisément par exemple, à votre attention à vous, à vous qui prenez un peu de vos précieux temps; afin de m'écouter.

""C'est bon: ""Vous avez nettement raison, de vouloir m'écouter; puisque, "cette chanson triste" justement; puisque, "cette chanson nostalgique" justement; pourrait quelquefois dissuader nombre d'entre – vous qui s'apprêtaient de commettre par exemple, des énormes bêtises; telles moi Irène LUCINDAÇIO, j'en ai commises; de ne pas par exemple; ou de ne plus par exemple, les commettre; puisqu'elles ne peuvent que mener la personne qui les commet: tout droit, vers une totale déperdition; ou plutôt: puisqu'elles ne peuvent que mener la personne qui les commet et sans oublier, nombre d'autres de ces personnes qui l'avaient côtoyée; et cela, de loin ou de près: tout droit, vers des totales déperditions; et c'était très, très exactement ce qui m'était arrivée; ce qui m'était arrivée à moi Irène LUCINDAÇIO; et sans pour autant oublier: à nombre d'autres de ces personnes qui m'avaient côtoyée; et cela, de loin ou de près.

""C'est bon: HUH – HUH! ""Et pour cela, est-il besoin que je vous cite le cas d'Adelino JACINTA; c'est-à-dire: la maman d'Alberto RODRIGUEZ; c'est-à-dire: le papa de "ma défunte quille Elisio GOMEZ RODRIGUEZ "?

""C'est bon oui! ""Et cette "pauvre Adelino JACINTA" fait par exemple partie de nombre d'autres de ces personnes qui m'avaient côtoyée; et cela, de loin; comme je l'ai évoqué tantôt.

""C'est bon oui! ""x ""Et oui! ""Et pour cela, est-il besoin que je vous cite le cas d'Alberto RODRIGUEZ?

""C'est bon, ouais! ""Et ouais! ""Et pour cela, est-il besoin que je vous cite le cas d'Elisio GOMEZ RODRIGUEZ, elle-même?

""C'est bon: OUI – OUI! ""Non ohn!, je ne crois même pas que ça puisse être nécessaire de vouloir énumérer tous ces cas-là. Les quelques mots qui se trouvent dans le texte de "cette chanson triste"; dans le texte de "cette chanson nostalgique"; laquelle j'ai concoctée pour vous; devraient très, très largement suffire, de vous déconseiller d'agir tel que moi je l'avais fait.

""C'est bon: OUI! ""À présent, voici le contenu essentiel de texte de "cette chanson triste"; de "cette chanson nostalgique ":

""C'est bon: En effet!, d'accord! """ …/… Une beauté naturelle éblouissante de ma part; dont je n'y suis en réalité, pour rien";

""C'est bon: D'accord!, En effet!, ""puis toute une suite de concordances pour ainsi dire: non volontaires; et: non irresponsables de ma part; ou même: toute une suite de concordances pour ainsi dire délibérément volontaires et irresponsables de ma part;

""C'est bon oui! ""et oui; c'est bon: D'accord!, en effet!, ""me conduiraient par voie de conséquence, à cette présente déperdition totale.

""C'est bon: OUAIS! ""Des très, très mauvaises habitudes de ma part; puis j'accélérais par voie de conséquence ainsi (; et cela, sans même pour autant, m'en rendre vraiment compte moi-même) ma présente déperdition totale.

""Bien sûr! C'est tout à fait sûr! ""Un abus de confiance de ma part; un sacré abus de confiance de ma part; vis-à-vis des gens qui et pourtant, de très, très bonne foi, ils m'avaient fait confiance; puis j'accélérais par voie de conséquence ainsi (; et cela, sans même pour autant, m'en rendre vraiment compte moi-même) ma présente déperdition totale.

""C'est: Très bien! ""Un long détournement sournois et prolongé dans la caisse d'une petite église chrétienne réformée, au public ardent (; une petite église de réveil; une petite église réveillée; une petite église révélée; une petite église rénovée; une petite église de réforme; ["une église communiquée divine"]); une petite église nommée: la "Surzur-Alvarez"; puis j'accélérais par voie de conséquence ainsi (; et cela, sans même pour autant, m'en rendre vraiment compte moi-même) ma présente déperdition totale.

""Tout à fait correct! ""Une abjection engendrée à vrai dire par mes très, très sales manies; une sacrée bassesse engendrée à vrai dire par mes très, très sales manies; puis j'accélérais par voie de conséquence ainsi (; et cela, sans même pour autant, m'en rendre vraiment compte moi-même) ma présente déperdition totale.

""C'est bon: –D'ac! ""Une fuite au loin; au très loin; au très, très loin, à cause de cette sacrée flétrissure en question; puis j'accélérais par voie de conséquence ainsi (; et cela, sans même pour autant, m'en rendre vraiment compte moi-même) ma présente déperdition totale.

""C'est bon: OK! ""Des sacrés comportements de légèretés de mœurs de ma part; puis j'accélérais par voie de conséquence ainsi (; et cela, sans même pour autant, m'en rendre vraiment compte moi-même) ma présente déperdition totale.

""C'est bon: ""Un refus impitoyable de ma part, de vouloir sortir Alberto RODRIGUEZ; c'est-à-dire: le papa de "ma yéyette Elisio GOMEZ RODRIGUEZ" de la déplorable situation dans laquelle il se retrouverait (; et dont il s'avérerait être que j'étais la seule personne de pouvoir "l'extirper" de cette déplorable situation justement; mais que moi, la méchante IRÈNE que je suis; j'avais systématiquement refusé de le faire); puis j'accélérais par voie de conséquence ainsi (; et cela, sans même pour autant, m'en rendre vraiment compte moi-même) ma présente déperdition totale.

""C'est bon: HUH – HUH! ""Un refus sans ambiguïtés; sévère et irréfutable de ma part, de ne guère écouter les conseils téléphoniques d'un de nos amis, répondant au nom de Robert MERYC; lesquels conseils justement me conseillaient par exemple: "…/… Mais pour qu'on lui accorde seulement, un délai raisonnable, juste le temps pour que, tous les siens qui habitent par exemple, dans "cette Métropole de Londres", viennent le rencontrer dans le Commissariat où il se retrouve actuellement! Et surtout.". Un refus sans ambiguïtés; sévère et irréfutable de pouvoir les écouter de ma part; puis j'accélérais par voie de conséquence ainsi (; et cela, sans même pour autant, m'en rendre vraiment compte moi-même) ma présente déperdition totale.

""C'est bon oui! ""Un refus sans état d'âme; immuable et qui se refuse aux compromis de ma part, de ne guère écouter les conseils téléphoniques d'un de nos amis, répondant au nom de Robert MERYC; lesquels conseils justement me conseillaient par exemple: "…/… Sinon, cela donnerait encore davantage de la peine, à sa mère, dont le mari venait de mourir, il n'y a pas longtemps, par suite d'un accident d'avion!". Un refus sans état d'âme; immuable et qui se refuse aux compromis de pouvoir les écouter de ma part; puis j'accélérais par voie de conséquence ainsi (; et cela, sans même pour autant, m'en rendre vraiment compte moi-même) ma présente déperdition totale.

""C'est bon oui! ""x ""Et oui! ""Un refus inexorable; rigoureux et constant de ma part, de ne guère écouter les conseils téléphoniques d'un de nos amis, répondant au nom de Robert MERYC; lesquels conseils justement me conseillaient par exemple: "…/… C'est pour pouvoir épargner sa maman des répercussions de cette affaire de RODRIGUEZ; lesquelles risqueraient par exemple, d'avoir pour elle, des conséquences imprévisibles et incalculables!". Un refus inexorable; rigoureux et constant de pouvoir les écouter de ma part; puis j'accélérais par voie de conséquence ainsi (; et cela, sans même pour autant, m'en rendre vraiment compte moi-même) ma présente déperdition totale.

""C'est bon, ouais! ""Et ouais! ""Un refus strict; absolu et irrévocable de ma part, de ne guère écouter les conseils téléphoniques d'un de nos amis, répondant au nom de Robert MERYC; lesquels conseils justement me conseillaient par exemple: "…/… C'est pour cela, son fils Alberto RODRIGUEZ aurait tout simplement besoin de "deux petites paperasses" d'États-civils: l'acte de naissance de la petite Elisio GOMEZ RODRIGUEZ et "le certificat de la reconnaissance de la paternité", que lui le papa, avait fait établir à la Mairie; et dont cette dernière, bien évidemment, possède des copie-certifiées conformes! Et par conséquent! …/…!". Un refus strict; absolu et irrévocable de pouvoir les écouter de ma part; puis j'accélérais par voie de conséquence ainsi (; et cela, sans même pour autant, m'en rendre vraiment compte moi-même) ma présente déperdition totale.

""C'est bon: OUI – OUI! ""Un refus rigide; inflexible et sans ambages de ma part, de ne guère écouter les conseils téléphoniques d'un de nos amis, répondant au nom de Robert MERYC; lesquels conseils justement me conseillaient par exemple: "Toi-même, tu es [Comme on dit]: "…/… "Ton libre arbitre". Et par voie de conséquence, tu sais très bien, ce que tu vas faire! Moi, comme tu l'as bien dit, je ne fais que, te transmettre le message que l'on m'avait confié! Mais quant – à savoir si tu veux mon avis IRÈNE!". Un refus rigide; inflexible et sans ambages de pouvoir les écouter de ma part; puis j'accélérais par voie de conséquence ainsi (; et cela, sans même pour autant, m'en rendre vraiment compte moi-même) ma présente déperdition totale.

""C'est bon: OUI! ""Un refus rude; systématique et irréversible de ma part, de ne guère écouter les conseils téléphoniques d'un de nos amis, répondant au nom de Robert MERYC; lesquels conseils justement me conseillaient par exemple: "…/… Mais au moins, qu'il puisse l'être "proprement "! C'est parce que: si tu ne le fais pas!". Lesquels conseils justement me conseillaient par exemple encore: "Sa mère qui est déjà "assez éprouvée" comme ça!, en souffrirait considérablement! Et pourrait même cette fois ' ci.". Lesquels conseils justement me conseillaient par exemple encore: "Et pourrait même cette fois ' ci, "en mourir purement et simplement, par exemple "!". Un refus rude; systématique et irréversible de pouvoir les écouter de ma part; puis j'accélérais par voie de conséquence ainsi (; et cela, sans même pour autant, m'en rendre vraiment compte moi-même) ma présente déperdition totale.

""C'est bon: En effet!, d'accord! ""Un refus âpre; catégorique et implacable de ma part, de ne guère écouter les conseils téléphoniques d'un de nos amis, répondant au nom de Robert MERYC; lesquels conseils justement me conseillaient par exemple encore: "…/… Et si elle, elle en meurt! Alberto RODRIGUEZ également pourrait "en mourir "!". Lesquels conseils justement me conseillaient par exemple encore: "À ce moment-là, toute ta vie! Ou pour mieux l'exprimer: tout le reste de ta vie, tu pourrais par exemple, avoir à …/…!". Lesquels conseils justement me conseillaient par exemple encore: "Tu pourrais par exemple "avoir à souffrir avec ta propre conscience "! Dans ce cas-là!". Lesquels conseils justement me conseillaient par exemple encore: "Dans ce cas-là, ça serait alors: "Une Autre Forme de Torture de ta Propre Conscience "!".". Un refus âpre; catégorique et implacable de pouvoir les écouter de ma part; puis j'accélérais par voie de conséquence ainsi (; et cela, sans même pour autant, m'en rendre vraiment compte moi-même) ma présente déperdition totale.

IRÈNE n'arrêterait plus jamais du tout, du tout, de dire, de dire, de dire, des paroles incontrôlées, les faisant complètement perdre le Nord.

IRÈNE ne s'arrêterait pour ainsi dire plus jamais de: chanter; chanter; chanter; chanter tristement même dans l'air; de chanter avec nostalgie même dans l'air:

"Aurora;
Cãlium;
Purpurã.

Tempère;
Trõndõre;
Amarre;
Sõndõre.

Expulsa;
Rãpidãmantõ;
Quetõdã.

Diminuãwõn;
Quãntitãõn;
Fanrãwõn;
Sononrãwõn!

Alberto;
Adelino JACINTA.
Rodriguez;
Elisio RODRIGUEZ GOMEZ;
Adriano CARDOZO;
Eliodoro RODRIGUEZ;

IRÈNE;
LUCINDAÇIO;
Edouardo FERNANDO!

RODRIGUEZ quitte "la BEUSCHERILVA"."Avenida
Morvan Branco".
"Avenida Otaviano Alves of Lima",
"Rua Olavo".
Canal "Rio Tieté".
Ici = Fin de vie de Alberto

Deuxièmement, la future femme d'affaires
Elisio RODRIGUEZ GOMEZ;
Elisio RODRIGUEZ GOMEZ, "la future femme d'affaires
ChanceKing (Queen) Emp (Empress)";
Elisio RODRIGUEZ GOMEZ, "un futur gourou affairiste";
Elisio RODRIGUEZ GOMEZ, "un futur gourou affairiste ".
Deuxièmement, la future femme d'affaires Elisio RODRIGUEZ
GOMEZ était pour les "Noirs ": "le symbole même du succès";
"Ce symbole du succès "qui ne cessait de travailler dur pour
maintenir son statut social; ou: pour galoper encore plus haut;
un symbole du succès; qui "jouait "dans la cour des grands;
"Cour "qui a prouvé à maintes reprises et
continue de prouver qu›il s›agit toujours d›un
environnement hautement compétitif!

Aller à la mairie, demander les deux
papiers officiels d'état civil!

Et elle termine sa carrière sur
["La Longue Eau La Serpentine "].
Ici = Fin de vie d'Elisio RODRIGUEZ GOMEZ

Elisio RODRIGUEZ GOMEZ a failli devenir la
futur directrice de "BEUSCHERILVA".
-Quel manque pour moi, IRÈNE LUCINDAÇIO, et pour
toute ma famille! N'était-ce pas déjà là: "L'AUTRE
FORME DE TORTURE DE MA PROPRE CONSCIENCE".
Aurora;
Cãlium;
Purpurã.

Tempère;
Trõndõre;
Amarre;
Sõndõre.

Expulsa;
Rãpidãmantõ;
Quetõdã.

Diminuãwõn;
Quãntitãõn;
Fanrãwõn;
Sononrãwõn!".

Et l'on en passe et des meilleurs. Et comme par hasard, pour Aminata Ayichatoune du "Mali", c'est exactement pareil.

Le cœur, le cœur, le cœur d'IRÈNE s'avérerait être complètement perdu.

L'âme, l'âme, l'âme, d'IRÈNE s'avérerait être complètement paumée.

Et en vue de pouvoir corser cette furie, la tête d'IRÈNE déraisonnait, déraisonnait, déraisonnait, de la foleur;

Les membres inférieurs d'IRÈNE tremblaient, tremblaient, tremblaient de la foliesse;

Les membres supérieurs d'IRÈNE tremblotaient, tremblotaient, tremblotaient, de la folasse;

Mais très franchement, le cœur d'IRÈNE n'arrêterait plus guère du tout, du tout, de palpiter, palpiter, palpiter, fréquemment et surtout, frénétiquement, pour rien;

IRÈNE n'arrêterait pour ainsi dire, jamais dorénavant: de se révéler; de se révéler; de se révéler; de se révéler indécemment en l'air;

> de mouvoir; de mouvoir; de mouvoir; de mouvoir incorrectement son corps en cadence, en l'air;

> de se gesticuler; de se gesticuler; de se gesticuler; de se gesticuler désespérément en l'air; quasiment partout, où elle se retrouvait.

Bref décidément, elle parlait amèrement;

elle parlait irrévérencieusement;

elle parlait invalidement.

Bref en définitive, elle s'exprimait dédaigneusement;

elle s'exprimait mélancoliquement;

elle s'exprimait médiocrement.

Bref désormais, elle chantonnait irrémédiablement;

elle chantonnait impoliment;

elle chantonnait maladroitement.

Bref dorénavant, elle chantait irrémissiblement;

elle chantait démesurément;

elle chantait obscurément.

Bref décidément, elle se révélait importunément et impudiquement;

elle se révélait imprudemment et impudemment;

elle se révélait mécaniquement et impulsivement.

Bref en définitive, elle se mouvait désagréablement;

elle se mouvait flegmatiquement;

elle se mouvait inhabilement.

Bref désormais, elle gesticulait irréparablement;

elle gesticulait pathologiquement;

elle gesticulait chétivement.

Elle pétouillait, pétouillait, pétouillait ridiculement chez eux ou ailleurs, peu importe.

Elle marchait décidément mollo, mollo, mollo; elle marchait doux, doux, doux; elle marchait doucement décidément; elle marchait même atrocement dorénavant.

Son cœur attrapait l'arythmie.

Son cœur battait, battait, battait vite et improprement (" improprement" [de façon qui ne convenait pas]).

Elle saluait, saluait, saluait ridiculement et poliment le vide; mais selon elle, c'étaient des personnes qu'elle avait connues à Londres; lesquelles étaient venues lui rendre visite; mais lesquelles personnes que malheureusement hélas!; malheureusement, hélas! C'est tout simplement: Hélas malheureusement!, des autres personnes connaissant la connaissant (la connaissant elle, IRÈNE) n'avaient par voie de conséquence: non seulement jamais et jamais, jamais; et jamais, jamais; et jamais, jamais; et jamais, jamais, vues auparavant; mais aussi que, même aux instants-là qu'IRÈNE les saluerait; elles ne les verraient pas (; pour elles: IRÈNE ne ferait là assez souvent, que saluer le vide; et cela, avec toutes les révérences les plus distinguées; à l'instar de celles dont on exhibe vis-à-vis des rois ou des reines, par exemple).

Et l'on en passe et des meilleurs. Et comme par hasard, pour Aminata Ayichatoune du "Mali", c'est exactement pareil.

Alors qu'elle refuserait catégoriquement de manger de la nourriture dont les membres de sa famille lui présentaient; IRÈNE fouillerait néanmoins des poubelles, en vue d'essayer de trouver de la nourriture justement, qu'elle ramasserait, afin de s'alimenter. Elle refuserait systématiquement; systématiquement! C'est tout simplement: Systématiquement!, décidément, toute assistance que lui donnerait sa famille. IRÈNE refuserait même quasiment toute assistance venant de toute autre personne quelle qu'elle puisse être;

tellement qu'elle n'était plus elle-même;

tellement qu'elle serait devenue "demeurée";

tellement qu'elle serait devenue "débile mentale";

tellement qu'elle serait devenue "siphonnée".

Mais quant – à elle-même Irène LUCINDAÇIO, elle se disait très explicitement, être normale. Autrement dit: elle se dirait posséder son esprit en très, très bon état; et par conséquent, elle refuserait systématiquement; systématiquement! C'est tout simplement: Systématiquement!, toute aide que l'on essayait de lui porter.

Irène LUCINDAÇIO déchirerait elle-même assez souvent et régulièrement, quasiment tous ses vêtements qu'elle portait sur elle; et ce faisant, elle se promènerait dans ce cas-là, quasiment aussi souvent et régulièrement toute nue et sans chaussures; mais que paradoxalement; paradoxalement! C'est tout simplement: Paradoxalement!, la froidure des saisons froides, ne lui faisaient apparemment rien du tout.

Irène LUCINDAÇIO aurait même "des asticots" dans tous ses orteils [doigts de pieds], tellement qu'elle s'allongeait dans des épaves de véhicules, ou par terre carrément. Plusieurs fois, sa famille la ferait (2) *{: **Malgré elle.** }* soigner. Mais plusieurs fois aussi, tous ceux-là, recommenceraient de plus belle; tellement que sa propre conscience était torturée.

En plein "Camara de Lobos" [dans l'Île de Madeira], par exemple, où l'on s'exprimait quasiment tous et pourtant en Portugais, IRÈNE ne s'exprimerait quant – à elle désormais, qu'en Anglais dans quasiment tous les coins de rues; où elle s'arrêtait exprès, afin de tenir des propos assez incohérents, aux oreilles des gens qui l'écoutaient; mais cohérents à ses propres oreilles.

Mademoiselle Irène LUCINDAÇIO, évoquerait; et cela, avec un ton mélodramatique, quasiment "tous les hominiens" qu'elle avait connus; et entre-autres surtout: Almeida LOURENÇO; Antonio FERREIRA; Lopez RAMIRO et Alberto RODRIGUEZ; et "lesquels hominiens justement" avaient très fortement changé le cours de sa vie.

Irène LUCINDAÇIO deviendrait tout simplement "maboule". Et sans des soins neuropsychologiques, les delirium tremens d'IRÈNE s'étaient tout simplement multipliés encore et encore. Et encore et encore. Et oui ih! À l'origine: un étonnant acquis naturel aussi bien attirant; que destructeur: la beauté.

Avant de "de devenir maboule", IRÈNE "devenait": "branquignole".

Après avoir "été braque", IRÈNE "avait été chabraque".

Entre "les états d'obstination", IRÈNE "devenait barjo".

Autrement écrit:

Avant "de devenir insensée", IRÈNE "devenait": "azimutée".

Après "avoir affiché l'extravagance", IRÈNE "affichait encore l'amok".

Entre "les états de rage", IRÈNE "affichait encore davantage de la vésanie".

Irène LUCINDAÇIO continuerait avec ses effrayants "gazouillements". Et de cette façon, elle laisserait par exemple entendre à toutes celles et à tous ceux qui voudraient bel et bien "se conformer" avec elle:

""Entre le camp de "la moukère" et le camp du trésorier-bonhomme d'Église; l'on ne pouvait même pas soupçonner tant soit peu:""

""Méfiance et hostilité; "l'enchantement" ou "l'ensorcellement" régnant dans les deux camps; lesquels engendraient une confiance aveugle de la part "du bimane" de l'Église la "Surzur-Alvarez"."

""Ce n'était apparemment pas "le désamour" qui battait le pavé et qui promouvait du spectacle "hyménéal"; mais plutôt: l'amour. Et il s'avérerait donc inutile de l'exprimer que" le trésorier-archétype d'Église" la "Surzur-Alvarez" s'était bougrement trompé, en choisissant:""

""La fille de Jupiter et d'Aphrodite", comme étant son épouse; car ce qui s'ensuivraient pourraient bel et bien être considérés comme n'étant par exemple "qu'une fiction" ou sinon: "qu'un rêve"; alors qu'en fait, c'était la réalité; ou plutôt: la magie réelle.""

""Et oui ih! La magie faisant même irruption dans le ménage! Mais quelle histoire! C'est l'histoire "d'une péripatéticienne", voyons!""

""L'on ne va pas me laisser entendre par exemple: Qu'et pourtant, ce n'est pas "le carbi" qui fait "le carbure"."

""Une fille en carte" qui n'a pas froid aux yeux; ça sera vraiment "une femme en carte" qui n'aura pas froid aux yeux!""

""Une fille encartée" qui n'a pas froid aux yeux; ça sera vraiment "une femme encartée" qui n'aura pas froid aux yeux!""

""Une fille du bitume" qui n'a pas froid aux yeux; ça sera vraiment "une femme du bitume" qui n'aura pas froid aux yeux!""

""Une fille de noce" qui n'a pas froid aux yeux; ça sera vraiment "une femme de noce" qui n'aura pas froid aux yeux!""

""Une fille du Pont-Neuf" qui n'a pas froid aux yeux; ça sera vraiment "une femme du Pont-Neuf" qui n'aura pas froid aux yeux!""

""Une fille publique" qui n'a pas froid aux yeux; ça sera vraiment "une femme publique" qui n'aura pas froid aux yeux!""

""Une fille de joie" qui n'a pas froid aux yeux; ça sera vraiment "une femme de joie" qui n'aura pas froid aux yeux!""

""Et cætera et cetera ....""

Et l'on en passe et des meilleurs. Et comme par hasard, pour Aminata Ayichatoune du "Mali", c'est exactement pareil.

""Et ainsi, "la mercenaire" se retrouverait toutefois plus près que jamais de son but: "la resquille" "des laubés" de la petite Communauté de Réveil la "Surzur-Alvarez"."";

""Et ainsi, la vie de "la marchande d'amour" ne serait plus, qu'un souvenir derrière elle; ou plutôt: ce qu'il en reste comme étant souvenir.""

""Et le tout se déroulait en vérité, comme si par exemple: "cette Mamie Water", en réalité, aux antipodes "du trésorier-bonhomme d'Église" la "Surzur-Alvarez", avait son propre vocabulaire à elle; genre: "radis"; "ronds"; "soudure"; "faf";

"tintins"; "tuile"; "bulle"; "broque"; "biscuit"; "blanc"; "bob"; et cætera et cetera ....""

""Et c'est encore plus vrai, avec des termes tels que: "blanquette"; "calleri"; "aspine"; "artiche"; "quibus"; "pécune"; "viatique"; "flouze"; "flousard"; "matelas"; et cætera et cetera ....""

""Et c'est encore plus haut, avec des termes tels que: "dilapidation"; "déprédation"; "machination"; "appropriation"; "abus de confiance"; "prévarication"; "subtilisation"; "subornation"; et cætera et cetera ....""

""Tous ces termes avaient chanté "l'apologie" de "la "Sirène" IRÈNE"; et bien entendu que paradoxalement, ils avaient chanté "l'apocalypse" "d'ALMEIDA, "trésorier-bonhomme d'Église" la "Surzur-Alvarez".".Une réalité aussi poignante, que réelle, non!""

""Et oui!, avec "des boulangères, telles qu'entre-autres, moi: IRÈNE", "des mecs, tels qu'entre-autres lui: ALMEIDA" devraient bel et bien, par voie de conséquence, s'attendre à tout!""

""Les idées de "la filouterie" fusaient vraiment beaucoup dans la caboche de "cette louve IRÈNE, que je suis".""

""La question que "cette loumi" elle-même se posait tant, tout en se refusant très formellement, d'en fournir, ne fussent que, des prémisses de la réponse; mais aussi, tout en touchant du bois:""

""Combien de temps "cette friponnerie" "des boulanges" d'Église la "Surzur-Alvarez" allait durer?""

""Cela n'allait durer que pour un jour!""

""Pour une semaine!""

""Pour un mois!""

""Pour un trimestre!""

""Pour un semestre!""

""Pour un an!""

""Mais, à environ combien de temps au juste, les masques de "la siroteuse" tomberaient?""

""Et là, de "l'épouse apparemment fidèle et sans problème", se succéderaient, en vue de qualifier celle-là justement, des termes très, très péjoratifs; tels que:""

""""sacs à pines"; "sacs à bittes"; "putasse"; "pétasse"; "poufiasse"; "putain"; "pute"; "guenippe"; "gueuse"; "hétaire"; et cætera et cetera ....""

""Et à toutes ces invectives-là, succéderait en fin de compte: un grand silence.""

""Cagnasse" possédait toujours et encore toujours, des regards croisés sur "la bigaille" et sur l'escroquerie.""

""Escroquerie" et "grenouillage" se cachaient! Ils se cachaient bien toujours, vis-à-vis du trésorier de la "Surzur-Alvarez"-"bonhomme de Dieu".""

""Hum mm! Vis-à-vis "du trésorier- "bonhomme de Dieu. "".""

""Le voilà encore lui "le pauvre" "aveugle", suicidé, par pendaison!""

""Les fidèles qui n'étaient guère très rassurés, se tenaient à distance respectable.""

""L'establishment terrifié, se demandait en ce moment-là plus précisément:""

""Quoi faire au juste?""

""L'oraison funèbre?""

""Des éloges du pendu?""

""La ballade du pendu?""

""L'apologie d'un trésorier intègre, désabusé?""

""Désabusé par "une marmite", en réalité très portée sur "le métal blanc" et sur "le pain-au-lait "?""

"""Une marmotte" qui se sentait bien obligée de fuir, fuir, fuir; loin; très loin; très, très loin?""

""Et notamment en Angleterre, où elle avait déniché comme par hasard, "un autre aveugle" s'appelant Alberto RODRIGUEZ?""

""Pour des magots?""

""Pour des mérites?""

""Pour la beauté?""

""Pour des forfaitures?""

""Pour encore des grappillages?""

""Des maraudages comme il le fallait vraiment?""

""Bisnesseuse", enfin d'atteindre exactement "laissez-passer"?""

""Fleur de macadam", enfin d'atteindre exactement "pépètes"?""

""Fleur de trottoir", enfin d'atteindre exactement "mornifle"?""

""Michetonneuse", enfin d'atteindre exactement "taffetas"?""

""Persilleuse", enfin d'atteindre exactement "roue de derrière"?""

""Lutainpème", enfin d'atteindre exactement "roue de devant"?""

""Pontonnière", enfin d'atteindre exactement "deniers"?""

""Bref, c'est une histoire "d'un bimane" damné par l'Église; et condamné aux souffrances de l'enfer!""

""Bref, c'est une histoire "d'une gonzesse" qui ne voulait pas pardonner "un gonze" qui ne faisait que lui demander des papiers d'État-Civil de "sa gosseline "!""

""Bref, c'est une histoire de rancune ou de rancœur pour toutes ces personnes citées ici!""

""Bref, c'est une histoire des douleurs qui conduisent à des pires, pires catastrophes!""

""Bref, c'est une histoire de la Justice avec un grand "J"; autrement dit: "La Justice Providentielle "!""".".

""Tenez en guise d'exemple!""

""Parlons de l'insalubrité soudaine dans les toilettes où Irène Lucindaçio demeurait enfin!""

""Elle Irène, jadis femme de ménage bien cotée d'ailleurs, travaillant pour des comptes des Agences d'Intérim à Londres;""

""laquelle femme de ménage justement, astiquait entre-autres, les toilettes, impeccablement;""

""elle était (et ce n'était plus étonnant) passée maîtresse en la matière de l'insalubrité en question!""

""Quand elle passait avant les autres utilisateurs de mêmes lieux d'aisance;""

""alors – là!""

""Alors – là! Quand quelqu'un d'autre se disait par exemple:""

""Je voulais aller aux toilettes, vite fait ou pas;""

""ou en vue de mieux l'exprimer:""

""Je voulais aller faire les besoins du devant ou du derrière;""

""(peu importe que ça soit du devant = pipi;""

""ou que ça soit du derrière = caca);""

""c'est râpé, pour pouvoir y être à l'aise;""

""Puisqu'Irène y était passée avant; et y en mettait pleins, à côté de là où il fallait en mettre!""

""Et ainsi, tu n'avais par exemple (si et seulement c'était faisable, sans risque de destruction de la santé) plus du tout;""

""alors vraiment: plus du tout, du tout, envie d'aller donc aux waters!""

""Et ça ah!, c'était vraiment quelque chose hein!""

Et l'on en passe et des meilleurs. Et comme par hasard, pour Aminata Ayichatoune du "Mali", c'est exactement pareil.

Ⅰ RÈNE ne s›arrêterait pour ainsi dire plus jamais de: chanter;
chanter; chanter; chanter tristement même dans l'air; de chanter
avec nostalgie même dans l'air:

"Aurora;
Cãlium;
Purpurã.

Tempère;
Trõndõre;
Amarre;
Sõndõre.

Expulsa;
Rãpidãmantõ;
Quetõdã.

Diminuãwõn;
Quãntitãõn;
Fanrãwõn;
Sononrãwõn!

Alberto;
Adelino JACINTA.
Rodriguez;
Elisio RODRIGUEZ GOMEZ;
Adriano CARDOZO;
Eliodoro RODRIGUEZ;
IRÈNE;

LUCINDAÇIO;
Edouardo FERNANDO!

RODRIGUEZ laissant "le BEUSCHERILVA".
"Avenida Morvan Branco".
"Avenida Otaviano Alves of Lima",
"Rua Olavo".
Canal "Rio Tieté".
Ici = Fin de vie d'Alberto

Deuxièmement, la future femme d'affaires
Elisio RODRIGUEZ GOMEZ;
Elisio RODRIGUEZ GOMEZ, "la future femme
d'affaires ChanceKing (Queen) Emp (Impress)";
Elisio RODRIGUEZ GOMEZ, "un futur gourou du business";
Elisio RODRIGUEZ GOMEZ, "un futur gourou du business".
Deuxièmement, donc, la future femme d'affaires
Elisio RODRIGUEZ GOMEZ; était pour "les
Noirs ": "le symbole même du succès";
"Ce symbole du succès "qui restait immobile et
toujours à travailler dur; afin de maintenir son statut
social; ou: afin de galoper encore plus haut;
un symbole du succès; qui "jouait "dans "la cour des grands";
"Courtyard "qui a prouvé à maintes reprises qu›il s›agissait
toujours d›un environnement hautement compétitif!

Aller à la mairie, demander les deux papiers d'état civil!
Et elle termine sa carrière sur
["La Longue Eau, la Serpentine "].
Ici = Fin de vie d'Elisio RODRIGUEZ GOMEZ

Elisio RODRIGUEZ GOMEZ a failli devenir la
future réalisatrice de "BEUSCHERILVA".
- Quel regret pour moi, IRÈNE LUCINDAÇIO,
et pour toute ma famille!

N'était-ce pas déjà là: "L›AUTRE FORME DE
TORTURE DE MA PROPRE CONSCIENCE "
Aurora;
Cãlium;
Purpurã.

Tempère;
Trõndõre;
Amarre;
Sõndõre.

Expulsa;
Rãpidãmantõ;
Quetõdã.

Diminuãwõn;
Quãntitãõn;
Fanrãwõn;
Sononrãwõn!".

Et l'on en passe et des meilleurs. Et comme par hasard, pour
Aminata Ayichatoune du "Mali", c'est exactement pareil.

Irène Lucindaçio parlait, parlait, parlait, parlait et parlait encore et encore!

Elle tremblait, tremblait, tremblait, tremblait, et tremblait encore et encore!

Son cœur; son cœur; son cœur; son cœur et son cœur battait encore plus vite!

Seulement voilà, l'horloge allait encore tourner pendant quelques temps, avant qu'elle puisse rendre son dernier soupir.

Mademoiselle Irène LUCINDAÇIO tiendrait ainsi, deux années jour pour jour; et au début de la troisième année; et là, son compte serait bon: son corps serait retrouvé inanimé dans une des épaves de véhicules abandonnées.

Et l'on en passe et des meilleurs. Et comme par hasard, pour Aminata Ayichatoune du "Mali", c'est exactement pareil.

Pour la petite histoire: l'on se rappelle que cette Dalila – là, nommée donc Irène LUCINDAÇIO, avec ses: "…/… Alors son sourire, parlons – en justement. C'est une Rebecca qui sourit en permanence; à tel point que l'on pouvait imaginer qu'elle ne se fâche jamais, jamais et jamais. Quand elle rigole avec les autres personnes, l'on a envie d'aller immédiatement s'en approprier, afin qu'elle sourit, pour soit – même, et donc pas pour les autres. Et surtout quand elle sourit avec toi, l'on a envie de se dire, que l'on en tombé, fou amoureux. Lorsqu'elle coure un peu et que tu observes l'allongement de ses jambes, tu te sens tout simplement joyeux. Quand elle plaisante avec toi, alors – là, tu te sens l'on dirait, transporté au Paradis. Et le timbre de sa voix dans tous ceux – là! Alors – là: c'est une autre chose; c'est une autre chose: car c'est une vraie mélodie exprimée par "des mamies – waters"; ou même, exprimée par des anges célestes.

Bref, quand Irène LUCINDAÇIO sourit; tout le monde sourit. Et quand elle pète même; tout le monde pète.

–Mais c'est qui au juste, "cette mamie – water "?

Mais c'est Irène LUCINDAÇIO!

Bref, Irène LUCINDAÇIO: c'est "un Ange – céleste – féminin", plein de travers ou des mauvaises manies.".

Et c'est cette chauve – souris – là justement, qui est morte (; châtiée pour ainsi dire [–Et comment!]: par des forces aussi puissantes qu'invisibles de la Nature [–Et pourquoi! Ca ah!]).

Et c'est cette vraie Sirène – là justement, qui est morte!

Et c'est ce vrai – vrai Ange féminin, venu du Ciel, qui est morte!

–Quel gâchis!

Effectivement: –Quel gaspillage!

""Irène Lucindaçio avait complètement perdu le Nord. Imitant soit disant, selon elle, bien évidemment, Marta VITALINO. Qui faisait donc, pareil.""

""Irène Lucindaçio n'arrêterait pour ainsi dire, jamais dorénavant: de se révéler; de se révéler; de se révéler; de se révéler indécemment en l'air; de se révéler indécemment en l'air! C'est tout simplement: De se révéler indécemment en l'air!; imitant soit disant, selon elle, bien évidemment, Ernesto DOMINGUEZ ALMEIDA. Qui faisait donc, pareil.""

""De mouvoir; de mouvoir; de mouvoir; de mouvoir incorrectement son corps en cadence; de mouvoir incorrectement son corps en cadence! C'est tout simplement: De mouvoir incorrectement son corps en cadence!, en l'air; en l'air! C'est tout simplement: en l'air!; imitant soit disant, selon elle, bien évidemment, The Reverend Pastor Augy Wucher. Qui faisait donc, pareil.""

""De se gesticuler; de se gesticuler; de se gesticuler; de se gesticuler désespérément en l'air; de se gesticuler désespérément en l'air! C'est tout simplement: De se gesticuler désespérément en l'air!; quasiment partout, où il se retrouvait. Imitant soit disant, selon elle, bien évidemment, Ma'am Lorena FLORINDA. Qui faisait donc, pareil.""

""Bref, IRÈNE Lucindaçio employait l'art de l'écriture; employait l'art de l'écriture! C'est tout simplement: Employait l'art de l'écriture. Imitant soi-disant, selon elle, bien sûr; en vérité! C'est tout à fait la vérité, selon elle donc, l'écrivain Isaac MAMPUYA Samba. Qui faisait donc, pareil.""

""Bref décidément, Irène Lucindaçio parlait amèrement; parlait amèrement! C'est tout simplement: Parlait amèrement!; imitant soit disant, selon elle, bien évidemment, Imbourt GUERIN. Qui faisait donc, pareil.""

Irène Lucindaçio parlait irrévérencieusement; irrévérencieusement! C'est tout simplement: Irrévérencieusement!; imitant soit disant, selon elle, bien évidemment, Barrene LUCINDAÇIO. Qui faisait donc, pareil.""

""Irène Lucindaçio parlait invalidement; invalidement! C'est tout simplement: Invalidement. Imitant soit disant, selon elle, bien évidemment, Bultez SULIVAN. Qui faisait donc, pareil.""

""Bref en définitive, Irène Lucindaçio s'exprimait dédaigneusement; dédaigneusement! C'est tout simplement: Dédaigneusement!; imitant soit disant, selon elle, bien évidemment, Alfonso FUKIAKANDA. Qui faisait donc, pareil.""

""Irène Lucindaçio s'exprimait mélancoliquement; mélancoliquement! C'est tout simplement: Mélancoliquement!;

imitant soit disant, selon elle, bien évidemment, Adelaide Matumona. Qui faisait donc, pareil.""

""Irène Lucindaçio s'exprimait médiocrement; médiocrement! C'est tout simplement: Médiocrement . Imitant soit disant, selon elle, bien évidemment, Pastor Fernando Bezina. Qui faisait donc, pareil.""

""Bref désormais, Irène Lucindaçio chantonnait irrémédiablement; irrémédiablement! C'est tout simplement: Irrémédiablement!; imitant soit disant, selon elle, bien évidemment, Arnold Gutenberg. Qui faisait donc, pareil.""

""Irène Lucindaçio chantonnait impoliment; impoliment! C'est tout simplement: Impoliment!; imitant soit disant, selon elle, bien évidemment, Eugenio VENSIO. Qui faisait donc, pareil.""

""Irène Lucindaçio chantonnait maladroitement; maladroitement! C'est tout simplement: Maladroitement . Imitant soit disant, selon elle, bien évidemment, Agostinho Miguel. Qui faisait donc, pareil.""

""Bref dorénavant, Irène Lucindaçio chantait irrémissiblement; irrémissiblement! C'est tout simplement: Irrémissiblement!; imitant soit disant, selon elle, bien évidemment, Ma'am Mikaella RENNECHEO. Qui faisait donc, pareil.""

""Irène Lucindaçio chantait démesurément; démesurément! C'est tout simplement: Démesurément!; imitant soit disant, selon elle, bien évidemment, Mr. Althino FERNANDE. Qui faisait donc, pareil.""

""Irène Lucindaçio chantait obscurément; obscurément! C'est tout simplement: Obscurément. Imitant soit disant, selon elle, bien évidemment, Ma'am Ana Valente. Qui faisait donc, pareil.""

""Bref décidément, Irène Lucindaçio se révélait importunément; importunément! C'est tout simplement: Importunément!, et impudiquement; impudiquement! C'est tout simplement: Impudiquement!; imitant soit disant, selon elle, bien évidemment, Inacio DONZILA. Qui faisait donc, pareil.""

""Irène Lucindaçio se révélait imprudemment; imprudemment! C'est tout simplement: Imprudemment!, et impudemment; impudemment! C'est tout simplement: Impudemment!; imitant soit disant, selon elle, bien évidemment, Justino Djebali. Qui faisait donc, pareil.""

""Irène Lucindaçio se révélait mécaniquement; mécaniquement! C'est tout simplement: Mécaniquement!, et impulsivement; impulsivement! C'est tout simplement: Impulsivement. Imitant soit disant, selon elle, bien évidemment, Antonio Ferreira. Qui faisait donc, pareil.""

""Bref en définitive, Irène Lucindaçio se mouvait désagréablement; désagréablement! C'est tout simplement: Désagréablement!; imitant soit disant, selon elle, bien évidemment, Sebastião VARGAS. Qui faisait donc, pareil.""

""Irène Lucindaçio se mouvait flegmatiquement; flegmatiquement! C'est tout simplement: Flegmatiquement!; imitant soit disant, selon elle, bien évidemment, Luis Soarès Gracia. Qui faisait donc, pareil.""

""Irène Lucindaçio se mouvait inhabilement; inhabilement! C'est tout simplement: Inhabilement. Imitant soit disant, selon elle, bien évidemment, Stella-Maria HOBBONE. Qui faisait donc, pareil.""

""Bref désormais, Irène Lucindaçio, gesticulait irréparablement; irréparablement! C'est tout simplement: Irréparablement!; imitant soit disant, selon elle, bien évidemment, JOÃO BARRAY-Santos. Qui faisait donc, pareil.""

""Irène Lucindaçio, gesticulait pathologiquement; pathologiquement! C'est tout simplement: Pathologiquement!; imitant soit disant, selon elle, bien évidemment, Joachim MENE. Qui faisait donc, pareil.""

""Irène Lucindaçio, gesticulait chétivement; chétivement! C'est tout simplement: Chétivement. Imitant soit disant, selon elle, bien évidemment, Manuella LUCINDAÇIO. Qui faisait donc, pareil.""

""Irène Lucindaçio, pétouillait, pétouillait, pétouillait ridiculement; ridiculement! C'est tout simplement: Ridiculement!, chez eux ou ailleurs, peu importe. Imitant soit disant, selon elle, bien évidemment, Silvao LUCINDAÇIO. Qui faisait donc, pareil.""

""Irène Lucindaçio marchait décidément mollo, mollo, mollo; mollo, mollo, mollo! C'est tout simplement: Mollo, mollo, mollo!; imitant soit disant, selon elle, bien évidemment, Amy Sophia LEBRETONA.""

""Irène Lucindaçio marchait doux, doux, doux; doux, doux, doux! C'est tout simplement: Doux, doux, doux!; imitant soit disant, selon elle, bien évidemment, Elisio Gomez Rodriguez. Qui faisait donc, pareil.""

""Irène Lucindaçio marchait doucement; doucement! C'est tout simplement: Doucement!, décidément; imitant soit disant, selon elle, bien évidemment, Adelino JACINTA. Qui faisait donc, pareil.""

""Irène Lucindaçio marchait même atrocement; atrocement! C'est tout simplement: Atrocement!, dorénavant. Imitant soit disant, selon elle, bien évidemment, Eliodoro RODRIGUEZ. Qui faisait donc, pareil.""

""Son cœur battait, battait, battait vite et improprement (" improprement"; improprement! C'est tout simplement: Improprement!, [de façon qui ne convenait pas]). Imitant soit disant, selon elle, bien évidemment, Ramiro Lopez. Qui faisait donc, pareil.""

""Irène Lucindaçio saluait, saluait, saluait ridiculement; ridiculement! C'est tout simplement: Ridiculement!, et poliment le vide; lui, c'étaient des personnes qu'il avait connues auparavant, qui étaient venues lui rendre visite; imitant soit disant, selon elle, bien évidemment, Alberto Rodriguez. Qui faisait donc, pareil.""

""Mais lesquelles personnes, que malheureusement hélas!, des autres personnes connaissant le connaissant (le connaissant elle: Irène Lucindaçio) n'avaient par voie de conséquence: non seulement jamais vues avant; mais aussi que, même aux instants-là qu' Irène les saluerait; imitant soit disant, selon elle, bien évidemment, Aziz OLENGA. Qui faisait donc, pareil.""

""Irène Lucindaçio ne ferait là assez souvent, que saluer le vide; et cela, avec toutes les révérences les plus distinguées possibles; imitant soit disant, selon elle, bien évidemment, Fren Teach Montgo. Qui faisait donc, pareil.""

""À l'instar des révérences dont on exhibe vis-à-vis des rois ou des reines, par exemple). Imitant soit disant, selon elle, bien évidemment, Almeida LOURENÇO. Qui faisait donc, pareil.""

""Un coup: Irène Lucindaçio se disait très explicitement, être normale. Autrement dit: Irène Lucindaçio se dirait posséder son esprit en très, très bon état; et par conséquent, Irène Lucindaçio refuserait systématiquement; systématiquement! C'est tout simplement: Systématiquement!, toute aide que l'on essayait de lui porter. Imitant soit disant, selon elle, bien évidemment, Bernadette Of The Sister Rosalie. Qui faisait donc, pareil.""

""Un autre coup: Irène Lucindaçio reconnaîtrait finalement: "Qu'Irène Lucindaçio n'était plus Irène -même.". Imitant soit disant, selon elle, bien évidemment, Aminata Ayichatoune. Qui faisait donc, pareil.""

""Irène Lucindaçio reconnaîtrait finalement: "Qu'Irène Lucindaçio serait devenue "demeurée".". Imitant soit disant, selon elle, bien évidemment, José Manuel GLORIA. Qui faisait donc, pareil.""

""Irène Lucindaçio reconnaîtrait finalement: "Qu'Irène Lucindaçio serait devenue "débile mentale".". Imitant soit disant, selon elle, bien évidemment, Camilo CARVALHO. Qui faisait donc, pareil.""

""Irène Lucindaçio reconnaîtrait finalement: "Qu'Irène Lucindaçio serait devenue "siphonnée".". Imitant soit disant, selon elle, bien évidemment, Raphaella RAFALA. Qui faisait donc, pareil.""

""Irène Lucindaçio deviendrait tout simplement "maboule". Et sans des soins neuropsychologiques, les delirium tremens d'Abdère s'étaient tout simplement multipliés encore et encore. Et encore et encore. Et oui ih! Imitant soit disant, selon elle, bien évidemment, Claudio CAETANO. Qui faisait donc, pareil. ""... / ...!""".

""Irène Lucindaçio, n'hésitait pas d›évoquer ce cas de ce certain Monsieur ――――; qui se montrait, se montrait, se montrait lui-même, apparemment très, très, très aimable (et avec entre – autres, beaucoup de sourires à la bouche), aux yeux des gens; mais qu'en vérité, sournoisement, il est très, très, très dangereux, n'hésitant même pas par exemple (; alors vraiment: pas du tout, du tout **[poussé, par sa sournoise jalousie instinctive]**; poussé, par sa jalousie instinctive incontrôlée et impitoyable; ou plutôt: par sa jalousie maladive incontrôlée et sans la moindre petite pitié); de subtiliser par des fourberies (d'abord: irrationnelles; puis ensuite: rationnelles), des ouvrages de l'écrivain Isaac MAMPUYA Samba [; lequel avait eu la malchance, de lui faire entièrement et aveuglement confiance]; ce Monsieur ―――― ―― essayait d'y imposer son nom dedans, sans en parler à l'auteur qui a trop, trop, trop souffert pour réaliser ses œuvres, appréciées par le monde; lequel n'importe comment: il n'allait pas accepter de partager la paternité de celles – ci [; et ce malin, il le savait]; hum mm! Essayer d'y imposer son nom dedans, alors qu'il n'est même pas lui-même, un écrivain. Ça ah!, il avait vraiment placé son challenge très, très, très haut; et Le Ciel ne pardonnant pas du tout, du tout, des fourberies de telle nature; alors: il avait tout simplement échoué lamentablement. Et oui ih! La Justice Céleste existe, hein! Sinon, dur, dur, dur.""

""(Et sans la moindre petite pitié du tout, du tout; alors qu'apparemment, il rigolait très, très bien avec lui Isaac MAMPUYA Samba. Et oui ih!, la personne qui te fait du mal; c'est celle qui mange; qui boit; qui rigole[; et l'on en passe et des meilleurs] avec toi. Les chanteurs entre – autres, l'ont plusieurs fois, évoqué et des écrivains, également. Et à présent à mon tour, moi Irène Lucindaçio, j'évoque; j'évoque; j'évoque; j'évoque; j'évoque; et encore une fois de plus, j'évoque aussi ça, au sujet d'un certain Monsieur –––––; qui, par des multiples fourberies: d'abord, irrationnelles et ensuite, rationnelles, il voulait que le nom d'Isaac MAMPUYA Samba, ne se figure pas du tout, du tout, sur ses propres ouvrages; mais que ça soit plutôt, celui de ce Monsieur ––––– en question. –Quel monde infernal! Ça ah!).""

""Irène Lucindaçio, imitant donc soit disant, selon elle, bien évidemment, ce Monsieur –––––––, qui se montrait, qui se montrait, qui se montrait, apparemment très, très, très aimable (et avec entre – autres, beaucoup de sourires à la bouche), aux yeux des gens; mais qu'en vérité, sournoisement, il est très, très, très dangereux. ""... / ...! """.

"""Irène Lucindaçio, n'hésitait pas de dire, dire, dire:""

""Après, ce sont ces malins – là, qui parmi les premiers, après tout, se posent entre – autres des questions de savoir: -Où cet Ecrivain Isaac MAMPUYA Samba, qui: ([Effectivement: Isaac se Dandine et Tambourine sur MAMPUYA; et MAMPUYA Chante et Danse de la Samba. DEMONSTRATION:]), trouve – t – il – donc, ses sources d'inspiration? La réponse étant toute claire et nette. Il n'a même pas par exemple, à devoir se plier, pour ramasser ces sources d'inspiration en question, par terre. Ces malins – là eux – mêmes justement, les lui servent directement sur un plateau; sur un plateau d'or; sur un plateau d'or massif; par leurs multiples fourberies mesquines. Et ainsi: eux, ils tombent inéluctablement; et par voie de conséquence, lui Isaac MAMPUYA Samba: Il monte inexorablement. ""... / ...! """.

Et l'on en passe et des meilleurs. Et comme par hasard, pour Aminata Ayichatoune du "Mali", c'est exactement pareil.

Si Mademoiselle Irène LUCINDAÇIO avait su pardonner Alberto RODRIGUEZ; lorsqu'il était encore temps; l'on en serait peut-être point arrivé là où l'on en était arrivé.

L'on en était arrivé où?

À des catastrophes, des nombreuses catastrophes.

L'on en était arrivé où?

À des tragédies; des nombreuses tragédies.

Et toutes ces catastrophes; et toutes ces tragédies 3 *{: [Qu'on se le dise!]. }*; c'est-à-dire:

La mort de Madame Adelino JANCITA, la maman d'Alberto RODRIGUEZ;

la mort du jeune homme d'affaires Alberto RODRIGUEZ justement; c'est-à-dire: lui-même le fils unique; et de ce fait: l'héritier;

la mort d'Elisio GOMEZ RODRIGUEZ, "le prix de Diane" qu'IRÈNE avait eu ensemble, avec A. RODRIGUEZ;

et enfin, la mort d'elle-même Irène LUCINDAÇIO 4 *{*: C'était ainsi, qu'avait fini celle que l'on avait jadis surnommée: "La fille de Jupiter et d'Aphrodite.". *}*;

sans oublier à l'époque: Un des quatre occupants de la Citroën qui était carrément projeté dehors, à travers le pare-brise; et elle était par conséquent tuée quasi instantanément. Et: Les trois autres occupants qui étaient coincés à l'intérieur de leur bagnole; laquelle commençait immédiatement, à cramer d'abord petit peu par petit peu. Ils étaient bien conscients; et ils criaient même: "Au secours! Au secours! Au secours!". Mais hélas!, malheureusement, le temps que les sapeurs-pompiers que l'on avait téléphonés et pourtant rapidement; et lesquels venaient aussi rapidement; le temps seulement qu'ils arrivent sur le lieu de l'accident, cette voiture Deux Chevaux avait carrément explosée par suite de cet incendie qui avait pendant quelques petites minutes, commencé à cramer petit peu par petit peu. Les trois occupants qui y étaient coincés, étaient brûlés vifs.

Si donc: Mademoiselle Irène LUCINDAÇIO avait su pardonner Alberto RODRIGUEZ; lorsqu'il était encore temps; l'on en serait peut-être point arrivé là où l'on en était arrivé.

Tout ça, et tout ça, et tout ça, et tout ça, et tout ça, et tout ça,

étaient toutes, des conséquences directes; des répercussions directes, "du concours intempestif" de deux circonstances:

D'une part, de l'abus de confiance qu'avait fait preuve, Irène LUCINDAÇIO elle-même, vis-à-vis de son "ancien mari": Almeida LOURENÇO. Ce dernier, avait dû subir une terrible humiliation 5.

{: Si ce dernier aussi; c'est-à-dire: Almeida LOURENÇO, avait eu à subir, une terrible infamie; une terrible indignité due à la malversation des deniers de fidèles, de la: "SURZUR-ALVAREZ", une petite église réformée naissante;

"une église du Réveil";

"une église Réveillée";

"une église Révélée";

c'est-à-dire: "une église communiquée par la révélation divine"; si l'on en croyait; ou en vue de mieux l'exprimer: si l'on se référait "aux dires" des adeptes de celle-ci justement;

bref, si Almeida LOURENÇO avait eu à subir une terrible ignominie due à la malversation des deniers de pratiquants, d'une petite église qui "grandissait", dans la petite Île de Madeira, des années 1960; c'était aussi, sans vraiment qu'il le sache lui-même, "une façon détournée"; "une manière assez irrationnelle"; "une méthode surnaturelle", de le châtier, quasi-intempestivement, par suite du fait, qu'il avait utilisé "une astuce peu orthodoxe", afin d'épouser celle-là justement qu'elle aimait considérablement; c'est-à-dire, celle que l'on avait finalement surnommée: "La fille de Jupiter et d'Aphrodite.". }. Et malheureusement hélas!; malheureusement, hélas! C'est tout simplement: Hélas malheureusement!, devant cette épouvantable ternissure engendrée Comme qui dirait:

"Comme qui dirait: "C'est ce que l'on appellerait dans le Jargon Cosmique ou Astral ou Extra – Galactique: LA DESILLUSION COSMIQUE; ou plutôt: L'ILLUSION COSMIQUE"; pour ne pas dire: "C'est ce que l' on appellerait dans le Langage Mystique ou dans le Langage du Cryptogramme ou du Black-out ou de la Martingale: LES ARCANES MYSTIQUES; ou plutôt: LES MYSTERES DE L'UNIVERS".

Isaac MAMPUYA Samba.

En fait, c'est ce qu'IsMaSa appellerait "le Poteau"; d'où: la découverte du "Poteau". Autrement exprimé: "le Pot"; "le Pot aux Roses"; d'où donc: "la découverte du "Pot aux Roses "du "Poteau Rose".

Hélas malheureusement!, devant cette épouvantable ternissure engendrée par le détournement des deniers de l'église, par "sa paroissienne Irène LUCINDAÇIO"; quoiqu'il se divorcerait avec celle-ci, "le pauvre" Almeida LOURENÇO ne s'en était guère remis de cette triste affaire. "Le malheureux" s'était tout simplement suicidé une certaine nuit, par pendaison.

Écoutons – donc elle – même, Irène LUCINDAÇIO, s'exprimer à ce sujet: "En tout cas, moi Irène LUCINDAÇIO, je porte de la poisse aux gens. À savoir que, j'avais déjà, déjà, déjà, déjà,

déjà et déjà, fait introduire la redoutable idée de: "La forme du Suicidero"; "la forme du Suicidero"; à travers "la forme triste"; par "la forme nostalgique"; et "la forme mélancolique ", au sein d'une paisible famille de Treize personnes ([la famille LOURENÇO]: la progéniture et leurs parents); lesquelles Treize personnes justement, se "suicideraient;elles s'étaient complètement "suicidées, pour ainsi dire "décimées. —Et le recours à cette idée macabre, c'était à cause de qui? C'était donc à cause de moi Irène LUCINDAÇIO. Mais vraiment: -Quelle ordure que je suis moi? Ainsi, je dois avoir honte de pouvoir me regarder moi – même, dans un miroir!".

Comme qu'aurait donc dit, elle – même la formidable Madame Lorena Florinda, à propos justement de cette Irène LUCINDAÇIO et de cette Bernadette de La Sœur Rosalie; ou plutôt: de cette Aminata AYICHATOUNE: "Bref, l'entretien des Perruches (qu'elles bossent elles – mêmes et touchent des salaires [prodigieux ou pas]: peu importe) coûte très, très cher à leurs Perroquets. Ceux – ci doivent mettre pour cela: beaucoup de numéraires et encore toujours beaucoup de numéraires; et surtout pour des Sirènes – Perruches; alors – là! Alors – là effectivement, se méfier! Se méfier vraiment!".

Et de l'autre part, de ce qu'Alberto RODRIGUEZ avait finalement surnommé: "Mille Étoiles.".

Or, si celui-ci avait connu cette triste aventure c'était par suite du fait qu'il possédait "une vieille V W-Coccinelle"; laquelle lui était finalement impossible de s'en débarrasser, sans conséquence fâcheuse; laquelle allait faire en sorte, qu'il n'ait plus de carte de séjour; ou plutôt: des papiers de séjour, en règles.

Or, si A. RODRIGUEZ possédait "cette veille V W-Coccinelle", c'était parce qu'on la lui avait "gracieusement" offerte, en récompense, par un certain "M'Sieur" Hamman GENSEN, par suite de "son témoignage en réalité mensonger"; afin de sauver son honneur; tout en faisant basculer par ce fait assez déplorable; par ce geste abominable; et cela, dans des situations assez tristes et assez lamentables, la vie d'un couple innocent; ou pour l'exprimer autrement: en faisant ainsi beaucoup de mal: tant directement, qu'indirectement, à Madame Valery GLED épouse REDLER; à son mari: "M'Sieur" Lancry REDLER; et sans oublier: à leurs deux enfants qu'ils avaient à l'époque, en charge; lesquels avaient vu de cette manière-là, se déchirer leurs parents (6). *{: Cfr.: Isaac MAMPUYA Samba: "Irène LUCINDAÇIO, la fille du Jupiter et d'Aphrodite.". }*.

Comme quoi!!!

Bref, pour Stéphanie et Auguste (à les voir – donc, très, prochainement): ça commencerait par l'histoire d'un coup de foudre euphorique et d'une apothéose; et ça tournerait vite par une histoire de la déprime schizophrénique et de la fin apocalyptique.

-Quel parcours inédit pour une question d'amour!

À l'aboutissement de "cette balade" de "Deux Péripéties" (ici encore), il se révèle très, très palpablement la démarche: qu'une histoire de la Justice avec un grand "J"; autrement dit: "La Justice Providentielle" ne se palabre même pas.

IsMaSa

----fait parler la plume;

----fait s'apitoyer l'écriture.

Effectivement: Isaac se Dandine et Tambourine sur MAMPUYA; et MAMPUYA Chante et Danse de la Samba. DEMONSTRATION:

*   *   *

FIN

Pour quasiment "toute cette écriture couchée ci-haute" "avec l'ancre noire, sur un fond blanc ou un papier blanc"; à savoir que: ce sont-là entre-autres; ou afin de pouvoir le dire beaucoup plus correctement: c'étaient-là entre-autres: "des récits imaginaires"; lesquels se ressemblent beaucoup plus, à "des histoires vraies", plutôt qu'à toute autre chose; autrement dit: ce sont-là entre-autres; ou en vue de pouvoir mieux l'exprimer: c'étaient-là entre-autres: "des histoires vraies"; lesquelles se ressemblent beaucoup plus, à "des récits imaginaires", plutôt qu'à toute autre chose.

"AUGUSTE ET STÉPHANIE …/….".

Que tous les lecteurs qui désirent continuer leur lecture dans le "BaLiSambaSty", soient invités, à lire le prochain petit Volume qui sortira; et lequel sera intitulé:

"AUGUSTE ET STÉPHANIE:
UNE BIEN CURIEUSE ET MYSTÉRIEUSE
CROISÉE DES CHEMINS."

"AUGUSTE ET STÉPHANIE:
UNE BIEN CURIEUSE ET MYSTÉRIEUSE
CROISÉE DES CHEMINS."

"RIEN N'IRAIT PLUS DU TOUT JAMAIS ENTRE DEUX JEUNES AMOUREUX BELGES: STÉPHANIE ET "AUGUSTE D'ARRIÈRE-DESCENDANCE CONGOLAISE.""

PRÉAMBULE

Auguste SEBILLON était dans les années 1980, "un agent de surveillance" dans un immeuble des bureaux dans un site de Schaerbeek, en Belgique. Il aimait considérablement son travail; et par voie de conséquence, il le faisait très, très bien aussi. Dans leur loge, située dans l'entrée du site, à gauche, "les agents de surveillance" recevaient beaucoup de monde.

Ça serait justement dans ce cadre-là, que "le gardien" AUGUSTE recevrait un certain samedi matin, en plein hiver, une certaine informaticienne: Mademoiselle Stéphanie BARREL. Cette dernière voudrait obtenir "un certain arrangement" au sujet de son pointage des heures, d'autant plus, qu'il n'y avait pas encore pendant cette époque-là, dans leurs Établissement, l'appareil des horaires variables. STÉPHANIE voudrait obtenir "cet arrangement", avec "l'agent de surveillance" qui était de garde, ce jour-là, en occurrence, Auguste SEBILLON.

Ce dernier, respectant scrupuleusement les consignes de son travail; il ne tiendrait plus du tout, à aider Mademoiselle Stéphanie BARREL. Mais seulement voilà, après insistance de celle-ci; voire après "un certain chantage", exercé à son égard, par celle-ci, AUGUSTE qui, dès le départ, avait déjà commis une certaine faute; il se verrait en quelque sorte, dans "cette fâcheuse obligation "d'accepter" cet arrangement", par la complaisance.

Mais hélas!, malheureusement, ce geste irresponsable de sa part, coûterait:

et sa propre place;
et tout à fait logiquement, celle de STÉPHANIE.

Celle-ci, en tant qu'une très bonne informaticienne, elle n'aurait pas du tout de mal, pour retrouver un autre poste "d'informaticienne", dans une autre Entreprise, de la même branche quasiment; que celle, où elle travaillait jadis.

Mais quant à Auguste SEBILLON, ça serait "une vraie poisse". Il ne trouverait pas du tout le travail. Il souffrirait énormément, à tel point, qu'il ferait même "la manche" dans les transports en communs, afin de survivre. En vue de s'en sortir une fois pour toutes, de cette triste situation, dans laquelle se trouvait AUGUSTE (2) *{: **Comme comble de paradoxe.** }*, le concours de Mademoiselle Stéphanie BARREL, serait pour lui, nécessaire, voire déterminant justement.

Cette nouvelle situation ferait en sorte qu'AUGUSTE et STÉPHANIE, formeraient finalement, un couple, et vivraient par voie de conséquence, maritalement.

Néanmoins, vu toutes les misères qu'avait traversées Auguste SEBILLON, ce dernier prendrait "délibérément" une revanche impitoyable; mais laquelle ne dirait même pas son nom, contre "sa baronne STÉPHANIE", qu'il considérait (3) *{: **Toujours**

***quasi-sournoisement.* }** être à l'origine de la très difficile situation, qu'il avait traversée, avec toute la ternissure qui en résultait; en dépit du fait, que c'était elle STÉPHANIE elle-même, qui l'avait aidé, de pouvoir, s'en sortir, en fin de compte.

Vouloir .../...

"Vouloir promener son esprit;

l'évader dans un univers;

dans un univers de l'imagination;

une imagination dans la rétrospection;

une rétrospection qui s'agrippe infailliblement dans le présent;

un présent qui s'agrippera à son tour, inlassablement dans l'avenir;

dans l'avenir et partout dans le monde;

tel est finalement notre meilleur penchant.".

Bref, Isaac MAMPUYA Samba est: "La Différence Blondinienne ou Hollywoodienne ou même carrément planétaire la plus Originale en Simplicité ou Humilité d'Écriture qui puisse donc exister. Autrement exprimé: C'est de la Distinction, quoi!"".

Signé: Isaac MAMPUYA Samba.

L'Écrivain Solitaire, au Crayon d'Acier; ou plutôt: à la Plume en Or.

ROMANS DU MÊME AUTEUR

1. – "Une Véritable Intempestive Prise de Conscience".

2. – "Dépression Nerveuse ou Chagrin d'Amour".

3. – "Tourments de" JULIO, De Descendance Poitevine".

4. – "Une Ultime Thérapie Pour Sauver Leur Enfant".

5 – "Impacts de" l'Autre Justice".

6. – "Irène LUCINDAÇIO, la fille du Jupiter et d'Aphrodite". (DEBUT).

6. – "Irène LUCINDAÇIO, la fille du Jupiter et d'Aphrodite". (SUITE).

7. – "IRÈNE Et Une Autre Forme de Torture de Sa Propre Conscience". (DEBUT).

7. – "IRÈNE Et Une Autre Forme de Torture de Sa Propre Conscience". (SUITE).

ALSO FROM ISAAC MAMPUYA SAMBA

1: Survival And Punishment Of The Slave Trade From Gabon until Congo in 1840 – 1880 (VOLUME ONE).

2: Survival and Repression Of The Slave Trade From Gabon until Congo in 1840 – 1880 (VOLUME TWO).

3: Survival and Penalty Of The Slave Trade From Gabon until Congo in 1840 – 1880 (VOLUME THREE).

4: Survival And Sentence Of The Slave Trade From Gabon until Congo in 1840 – 1880 (VOLUME FOUR).

5: The Relations Franco – Belgians 1884 – 1885: (Congo Affairs).

Séries ou Sous – Séries: "…/… Leur Appartenance à la Négritude, en Afrique et dans le Monde …/…".

D ans ce Volume d'Isaac MAMPUYA Samba (IsMaSa), intitulé: "IRÈNE ET UNE AUTRE FORME DE TORTURE DE SA PROPRE CONSCIENCE "(published by IsMaSa – Publishing, London – Paris – Los Angeles [With "(Published by "**The Editions IsMaSa, London – Paris – Los Angeles**" [With:

Publisher:AuthorIsaMAMSam-UK-USA

(["**isaac.mampuya@laposte.net**"]), plusieurs tragédies "allaient" se succéder une à une; et se terminer à Irène LUCINDAÇIO. Beaucoup de "concours" de circonstances; commençant par: "elle-même IRÈNE" qui, ne pensant qu'à se procurer par tous les moyens, des intérêts matériels et numériques avant tout, elle avait entraîné le suicide de son ancien mari Almeida LOURENÇO:

""Le tout avait en vérité débuté par ceux que moi-même IRÈNE, j'avais fait à mon premier "anthropoïde ALMEIDA". Et toutes les débines qui me suivraient jusqu'en ce moment-ci (; c'est-à-dire: boostées par ma rencontre avec Alberto RODRIGUEZ, ne sont que des entrainements; ou plutôt: "des scoumounes" attirées par des anciennes "mouscailles" "larvées".""

Et elles se poursuivraient de surcroît, à cause d'un ALBERTO qui, en vue de sauver son honneur pour "une bévue", qu'il avait et pourtant commise lui-même: il avait préféré délibérément, faire très, très mal à une innocente dame (Madame Valery GLED, épouse REDLER] qui n'avait rien fait de reprochable.

""Et moi ALBERTO, j'avais fait ça, à "une congaye" comme celle-ci? En vue de sauver mon honneur?

Suite à "une bévue", que j'avais et pourtant commise moi-même?

Et en récompense, "M'Sieur" Hamman GENSEN m'avait offert "la fameuse V W-Coccinelle "?

Laquelle, par la suite, avait fait engendrer à mon égard, beaucoup trop de catastrophes?"")

Bref, des "concours" de circonstances "allaient" donc s'entremêler [; et ceux-ci, poussés par une force invisible et puissante], afin hélas!, d'aboutir à "un engrenage infernal et dramatique"; lequel allait engendrer quatre macchabées. Or justement, lorsqu'il était encore largement temps, te tout pouvait encore bien évidemment s'arrêter. Comment? En sachant prendre du recul et bien réfléchir. Mais seulement voilà!!!

AU SUJET DU LIVRE

Irène Lucindaçio et Alberto Rodriguez, par suite des forfaitures qu'eux – mêmes avaient commises, ils seraient donc Para – Normalement parlant, Mystérieusement poursuivis et tourmentés

Si Mademoiselle Irène LUCINDAÇIO avait pardonné Alberto RODRIGUEZ; quand il était encore temps; l'on en serait peut-être pas arrivé là où l'on était arrivé.

Où l'on était arrivé?

À des catastrophes, de nombreuses catastrophes.

Où l'on était arrivé?

Aux tragédies; beaucoup de tragédies.

Et toutes ces catastrophes; et toutes ces tragédies; c'est-à-dire:

La mort de Mme Adelino JANCITA, la mère d'Alberto RODRIGUEZ;

la mort du jeune homme d'affaires Alberto RODRIGUEZ précisément; c'est-à-dire qu'il est lui-même le seul fils; et donc: l'héritier;

la mort d'Elisio GOMEZ RODRIGUEZ, "le prix de Diane" qu'IRÈNE avait eu avec A. RODRIGUEZ;

et enfin, la mort d'elle-même IRÈNE LUCINDAÇIO;

Et à propos d'A. RODRIGUEZ: n›oublions pas de mentionner à l'époque: les quatre occupants de la Citroën qui étaient tués; et dont l'une (une dame), projetée à travers le pare-brise; et elle a donc été tuée presque instantanément par cet accident.

Si oui: Mademoiselle Irène LUCINDAÇIO avait pardonné Alberto RODRIGUEZ; quand il était encore temps; cela ne serait peut-être pas arrivé là où l'on était arrivé?

Tout ceci, et tout cela, et tout cela, et tout cela, et tout cela, et tout cela, étaient tous, les conséquences directes; les répercussions directes de la "concurrence intempestive" de deux circonstances:

D'une part, de l'abus de confiance qui avait été démontré, par Irène LUCINDAÇIO elle-même, vis-à-vis de son "ex-mari": Almeida LOURENÇO. Ce dernier a dû subir une terrible humiliation. Et malheureusement, hélas!, face à cette terrible ternissure causée par le détournement de l'argent de l'église, par sa paroissienne Irène LUCINDAÇIO; bien qu'il ait divorcé avec celle-ci, "le pauvre homme" Almeida LOURENÇO ne s'était guère remis de cette triste affaire. "Le malheureux" s'était simplement suicidé une certaine nuit, d'un certain Vendredi 13, en se pendant. En bref, et par conséquent, cette idée de suicide à des Vendredis 13, a été ainsi pénétrée au sein d'une famille paisible de treize personnes.

Et d'autre part, d'après ce qu'Alberto RODRIGUEZ avait finalement, surnommé: "Mille étoiles".

*B*REF:

---MORALITÉ De L'HISTOIRE?

---Oui!, parlons- en --- donc bien effectivement (; et bien entendu, à la manière d'Isaac MAMPUYA Samba).

IRÈNE LUCINDACIO (fille des parents très, très pauvres), par ses multiples cambriolages répétés de l'argent de l'Église "Surzur --- Alvarez ", avait causé indirectement le suicide d'Almeida LOURENÇO (; dont l'Ectoplasme sur IRÈNE était décidément partout à la fois et en même temps, nulle part).

ALBERTO RODRIGUEZ, fils des parents très, très riches (; et par manque de vigilance qu'il faisait parallèlement à ses études de Droit en Angleterre, avait fait voler involontairement un paquet d'une grande valeur sentimentale; dont pour cela, il avait par voie de conséquence (en vue de pouvoir sauver son honneur) accusé injustement une dame innocente: Madame Valery GLED, épouse REDLER); engendrant ainsi des conséquences incommensurables dans son foyer conjugal.

---Et le pouvoir du Karma dans tous ceux --- ci---?

IRÈNE avait donc pris sa décision de ne pas pardonner Alberto RODRIGUEZ (dans sa quête des papiers d'état – civils en

Angleterre); sa langue était pour ainsi dire bien pendue et elle n'avait aucune pitié. Elle était indifférente aux multiples cris et aux multiples pleurs de RODRIGUEZ.

Par suite d'une telle DÉCISION IRRÉFUTABLE d'IRÈNE, le corps de RODRIGUEZ était devenu blême et vidé de toute Mélanine. Ainsi, son visage ne reprendrait plus du tout (; alors vraiment: son visage ne reprendrait plus du tout, du tout, de sa Mélanine habituelle); et qui plus est, il ne reprendrait plus jamais d'appétit, qu'il avait également paumé. Et finalement, il ne s'en sortirait pas; et il trépasserait.

Et du côté d'IRÈNE? Bref, la VISION COSMIQUE ou LA DÉCISION CÉLESTE serait également indifférente aux multiples cris et aux multiples pleurs d'IRÈNE.

Le destin avait donc fait en sorte, que le Chemin d'une Certaine Irène LUCINDAÇIO et d'un Certain Almeida LOURENÇO se croise. Mais seulement voilà, entre – eux Deux; ça va être de l'Effervescence à couteau tiré.

----COINCIDENCE?

----Peut-être bien que si!

----Ou même peut-être bien que non!

Mais cependant, après avoir lu très, très minutieusement également les TROIS IRÈNES PRÉCÉDENTES, l'on comprendrait clairement que l'on ne croirait pas à la Coïncidence, en ce qui nous concerne ici; car: la VISION COSMIQUE ou LA DÉCISION CÉLESTE existe donc réellement. La Preuve.

LE BOUQUET DE FLEURS NUMÉRIQUES!

"**B**ien que par plus d'expériences de l'Écriture, la distinction "du niston de la Commune de Ndjili; dans la Ville de Kinshasa, en République Démocratique du Congo"; l'élégance "du fiston de la Métropole de Paris en France"; la perfection "du garçon de l'Acropole de Leeds et de la Mégalopole de Londres, en Grande Bretagne"; jusqu'à: à "son atterrissage – living" à Atlanta [Georgia – United – State]; (; lequel fils [; c'est-à-dire: Isaac MAMPUYA Samba] qui offre ses merveilles littéraires sensationnelles; ou plutôt: étonnantes, au Monde); cette perfection justement n'est pas, sans pour autant faire le bonheur des boulimiques de bonnes lectures! L'on constaterait donc ainsi sur Internet, qu'Une Notoriété très, très Populaire Planétaire en Écriture:

> À caractères, certes: *Littéraires, mais pas seulement. "Pas seulement"; c'est parce qu'aussi:* À caractères, *Romanesques. Mais pas seulement. "Pas seulement"; c'est parce qu'aussi:* À caractères, *Monographiques. Mais pas seulement. "Pas seulement"; c'est parce qu'aussi:* À caractères, *Rétrospectifs. Mais pas seulement. "Pas*

seulement"; c'est parce qu'aussi enfin: À caractères, Inexplorés de l'écrivain Isaac MAMPUYA samba est effectivement confirmée... /.... Et ça ah!, c'est le Bouquet de Fleurs Numériques! C'est vraiment: le Bouquet de Fleurs Numériques, ça ah!""

Signé: Isaac MAMPUYA Samba.

ICI MARQUE DONC LA FIN DE
CETTE SOUS – SÉRIE APPELÉE:
IRÈNE (TRAITÉE EN QUATRE ÉPISODES).

La 4ème de Couverture:

L'Auteur Isaac MAMPUYA Samba